LA

LUNE ROUSSE

2e SÉRIE IN-4o

Lorsqu'ils sont entrés à l'église, il y a quarante-neuf ans et demi...

LA

LUNE ROUSSE

PAR

CHAMPOL

ILLUSTRATIONS DE RENÉ LELONG

37,2
1903

TOURS

MAISON ALFRED MAME ET FILS

LUNE ROUSSE

I

La Sapinière, 12 février.

Qu'est-ce qui a bien pu déterminer grand-père à épouser grand'mère, et grand'mère à épouser grand-père? Je n'ai jamais pu le savoir, et eux-mêmes, je crois, l'ont oublié.

Ce qu'il y a de certain, c'est qu'ils ont eu là une fâcheuse inspiration.

Peut-être ne serait-ce pas à moi de le remarquer... Mais aussi, pourquoi est-ce moi qui en pâtis?

Au moins faut-il que l'exemple me serve.

Le mariage est un grand problème, et l'on dit que les jeunes filles ne doivent pas y réfléchir. Cependant, si elles n'y réfléchissent que lorsqu'elles sont de jeunes femmes, à quoi bon? Le vin sera tiré,

il faudra le boire, et c'est joliment ennuyeux de
boire toute sa vie du mauvais vin!

Je poursuivrai donc le cours de mes observations,
tout bas, pour ne scandaliser personne, et je prétends trouver des bases certaines.

Notre vieil ami, M. Marchand, répète à qui veut
l'entendre que l'histoire est la source de toutes
choses, le trésor de l'expérience des peuples, le
guide du philosophe, la muse du politicien. Il dit
peut-être cela parce qu'il est professeur d'histoire?
Néanmoins je m'applique son idée. J'étudie le mariage dans l'histoire, c'est-à-dire sur les autres,
et, à ce titre, grand-père et grand'mère sont d'in-
comparables documents.

Le proverbe dit que la sympathie naît des con-
trastes, et la chanson qu'il faut des époux assortis,
ce qui semble plutôt incompatible; mais, en réfléchissant bien, je saisis le point de jonction.

La vérité, c'est qu'on doit se compléter et non
se contredire. Un bon ménage, comme toute bonne
chose en ce monde, est une œuvre d'art d'où la
variété n'exclut pas l'harmonie, où le pittoresque
fantaisiste des détails ne détruit pas une certaine
symétrie fondamentale. Il faut des couleurs qui se
fassent ressortir sans se heurter, des dissonances qui
ne soient pas des discordances; enfin, qu'on me
passe la comparaison, les caractères peuvent garder
chacun sa forme et même chacun ses angles, mais

à condition de s'emboîter comme les morceaux d'un jeu de patience.

Or grand-père et grand'mère ne s'emboîtent pas le moins du monde. On a beau essayer de les rapprocher, c'est pour mieux constater l'inanité de tels efforts.

Impossible de trouver deux personnes moins faites pour aller ensemble, et lorsqu'ils sont entrés à l'église, il y a quarante-neuf ans et demi, le suisse lui-même a dû se dire :

« Quel couple mal assorti! »

Je crois les voir d'ici : grand'mère petite, mince, blonde comme moi, ayant déjà ses grands airs, pas en blanc puisqu'elle était veuve, mais en belle toilette du commencement de l'empire, une robe de soie gris-perle à volants, le corsage plat sous un mantelet de dentelle, et un chapeau garni d'azalées qu'on m'a montré encore au fond d'un carton; grand-père tiré à quatre épingles, grave (il était substitut alors), avec de petits favoris corrects sur ses joues, déjà de bonnes grosses joues comme en ont tous les Jupin, et un col haut qui lui faisait tenir la tête droite.

A présent il peut porter des cols rabattus et des vestons larges, à la mode de la famille, et, dans le temps, cela a dû contribuer à le consoler d'avoir été épuré; mais c'est grand'mère qui n'en a jamais pris son parti.

Elle avait si bien compté devenir la présidente
Jupin, et, en bonne justice, elle y aurait eu droit.
Après avoir été en premières noces Mme de la Varaudière, la vicomtesse de la Varaudière, Jupin tout
court, c'est un peu sec, et on devrait le comprendre.

Mais grand-père ne le comprend pas, ni personne;
ni l'oncle Raoul, l'aîné de la famille, l'agriculteur
établi près de nous en Franche-Comté; ni l'oncle de
Rouen, le cadet, qui a fait un beau mariage; ni le
chanoine, le troisième, donné à l'Église selon les
vieilles règles; ni mon cousin Léon, le fils de l'oncle
Raoul; encore moins sa sœur Valentine, qui a
épousé un Jupin d'une autre branche. Tous paraissent même particulièrement satisfaits de leur nom,
car ils ne manquent pas une occasion de le mettre
en vedette. Ainsi la propriété de bon papa s'appelle la Sapinière. Quand nous y sommes tous
réunis, on dit « la Jupinière », une plaisanterie
qui n'a rien perdu de son sel depuis vingt ans,
et, de même, lorsque grand'mère se fâche, grand-
père ne manque pas de s'écrier : « Une colère
olympienne! le ménage de Junon et de Jupin! »

Elle feint de ne pas entendre et s'éloigne avec un
tour de reins majestueux; mais je vois son petit
poing se crisper. La répétition perpétuelle de ces
deux syllabes, — pas très harmonieuses, il faut en
convenir, — a fini par lui porter sur les nerfs, et

je crois qu'une des causes de sa préférence pour ma
pauvre maman était de pouvoir dire :

« Ma fille, Mme Turrel-Alban. Mon gendre, le
capitaine Turrel-Alban. »

Moi-même, je ne savais pas encore me mou-
cher, qu'elle me présentait déjà :

« Ma petite-fille, Mlle Marguerite Turrel-Alban. »

Mais j'ai tort de plaisanter. Je sais bien pourquoi, dès mon bas âge, j'ai été traitée en personnage d'importance, et pourquoi maintenant, au contraire, malgré mes dix-neuf ans, on me passe tout,
on me gâte, on me cajole encore comme un bébé;
pourquoi, auprès de moi, mon cousin Léon, ma cousine Valentine et tous les petits cousins de Rouen
n'ont jamais pesé un fétu.

C'est que je n'ai pas d'autre tendresse, moi, que
celle de mes vieux grands-parents, qu'ils ont dû
la doubler pour me servir de parents aussi, qu'ils
m'ont aimée de tout mon malheur et de toute leur
douleur, depuis l'instant où l'on m'a remise à eux, un
maillot, un magot, un pauvre petit paquet arrivé de
bien loin, du Tonkin, où mon père et ma mère
venaient de mourir en quelques jours, emportés par
une épidémie.

Il ne faut pas croire cependant que cette commune adoration ait fait trêve à « la querelle », car
bon papa et bonne maman n'en ont jamais eu qu'une.
Seulement, elle date du jour de leur mariage et a

chance de se prolonger jusqu'à leurs noces d'or que
nous allons célébrer en septembre, jusqu'à leurs
noces de diamant, s'il plaît à Dieu. L'idéal grandiose
et solennel de l'un se heurtera toujours aux aspirations modestes, bourgeoises et pacifiques de l'autre;
voilà la cause de leurs divergences. Que faire à
cela?

A peine ouvert, mon œil de psychologue avait
démêlé cet état de choses, et j'avoue l'avoir abomi-
nablement exploité. Dans mes heures de sagesse,
je me parais des faveurs de grand'mère, en copiant,
à l'admiration générale, son beau maintien et ses
belles façons; ce qui ne m'empêchait pas d'aller
ensuite abriter mes sottises et mes caprices sous
l'indulgence sans façon de bon papa Jupin.

Loin de moi cependant la moindre duplicité. Je me
bornais à suivre selon les circonstances mes penchants
contradictoires; car, ce qui est très drôle, je tiens
à la fois de grand-père et de grand'mère, et l'une
ou l'autre ressemblance s'est affirmée tour à tour.

Ainsi j'ai eu les fameuses joues des Jupin qui
ont fait l'orgueil de ma bonne, puis qui se sont
dégonflées subitement pour me laisser une petite
figure toute mince et busquée, comme celle de
grand'mère. C'est à cette époque que je passais des
après-midi dans son salon, bien frisée, bien droite
sur mon tabouret, et à dévider des écheveaux, à
apprendre des tirades de tragédies que grand'mère

sait toutes par cœur : le *Songe d'Athalie*, les
Imprécations de Camille, etc.

« Est-ce toi, chère Élise? O jour trois fois heureux ! »

Mais, aux environs de ma première communion,
les joues sont revenues, et une humeur de cheval
échappé me faisant courir les champs avec grand-
père, tirer des lapins, faner, moissonner, vendan-
ger,... pour m'effiler et m'assagir de nouveau vers
ma seizième année.

Et maintenant?...

Oh! maintenant, il n'y a pas à hésiter, je suis
à l'extérieur tout le portrait de grand'mère.

Mais au moral?...

Hé bien! je l'avouerai, au moral, je ne sais pas
encore trop ce que je suis et encore moins ce que je
veux être.

Car, il n'y a pas à dire, il faut vouloir être
quelque chose, choisir son genre, la coupe à donner
à son esprit, le pli à imprimer à sa nature, comme
on choisit sa coiffure ou sa toilette, et ce choix-là
est autrement important et compliqué. C'est ce qui
vous fait ou charmante, ou banale, ou vulgaire,
merveille, grotesque ou raté.

Voyons, quel tournant prendre? Vers quel idéal
m'orienter? L'ancien? Il me plairait assez. Des bandeaux, une robe de mousseline blanche, un volume

de Lamartine à la main, et je serai la copie vivante de la miniature de grand'mère, qui est sur la cheminée du salon.

Mais pourrai-je bien toujours lever ainsi les yeux au ciel avec une entière conviction? Par moments, je m'y lance, dans le bleu, je m'y perds. Puis j'en redescends. Je me retrouve sur la terre en plein xxe siècle, et, malgré tout, ce sont les choses de mon époque qui m'intéressent, les idées de mon époque qui me viennent, et si la poésie de Lamartine me berce encore, ce n'est plus que comme un vieux refrain.

Tournerai-je donc à la jeune fille *modern style,* bien dans le train, qu'on voit pédalant bravement sur le chemin battu de la vie pratique, sans souci de la poussière à sa robe de gros drap, des pelles à ramasser, et de la silhouette disgracieuse laissée dans l'œil du passant?

Non. D'abord grand'mère en mourrait. Et puis cela ne m'irait pas. Je ne suis pas encore de force à faire abstraction de toutes les jolies recherches d'autrefois, de tout ce qui est grâce, raffinement, élégance matérielle ou morale, quand bien même je saurais que cette parure n'est qu'un déguisement. Ce sont les goûts de grand'mère, dont j'ai hérité, avec cette différence du demi-siècle de scepticisme qu'il y a d'elle à moi.

Me voici donc à cheval entre l'ancienne école et la

nouvelle. Resterait la ressource de verser dans la
parfaite simplicité, mais je redoute cette chute. La
simplicité... Vraiment les Jupin en ont abusé par
trop : l'oncle de Rouen qui, là-bas, se doit à la
fortune de sa femme, mais qui, sitôt à la Jupinière,
redevient comme un gros petit garçon en vacances;
et l'abbé Jupin, qu'on ne fera jamais évêque, qu'on
n'a même jamais pu faire curé d'une grosse paroisse,
ni archiprêtre, tant il impose peu à ses ouailles avec
sa bonne grosse figure ronde et ses quatre mots de
sermon; et l'oncle Raoul, le portrait de grand-
père; et Léon, le portrait de l'oncle Raoul; et Valentine, dénommée l'enfant de la nature avant son
mariage, et à présent la mère Gigogne, à cause de
tous les petits Jupin-Jupin dont elle est déjà entourée.

Je les aime bien tous, j'aime bien la Sapinière et
notre Franche-Comté; mais il me semble que je
pourrais aimer beaucoup de gens, beaucoup de choses
qui ne se trouvent pas dans notre cercle. Je voudrais au moins les connaître. Un instinct me pousse
en avant. Est-ce un effet de cette origine exotique
que je dois au hasard? Cela me semble drôle d'être
née là-bas sous les bambous et les palmiers dont je
n'ai conservé aucun souvenir, et que je ne reverrai
apparemment jamais. J'y pense de temps en temps,
les jours de pluie, et je m'ennuie un peu. M. Marchand me dit : « Étudiez donc l'histoire! » mais l'histoire m'ennuie encore plus, et M. Marchand m'en-

nuie par-dessus tout. Grand-père est bien heureux, lui. Tout l'hiver à la campagne, ses pieds seuls suffiraient à l'occuper. Après les avoir consciencieusement trempés dans l'eau ou dans la neige d'un air intrépide, il revient ensuite au coin du feu d'un air philosophe, et la journée se passe ainsi.

Mais moi, c'est ma tête qui m'occupe. Elle bourdonne parfois comme une ruche d'où les abeilles vont s'échapper. Et ensuite, elle est lourde, lourde !

Pendant les après-midi si longues, dans le salon, la tenture de perse à fond rouge, les fauteuils d'acajou, les tables, le feu qui flambe, tout cela par instants se brouille comme dans les rêves, et je ne vois plus qu'indistinctement grand-père et M. Marchand lisant ou faisant leur partie.

Vite, je me secoue. Au Sacré-Cœur, on m'a bien défendu ces songes creux, et, pour m'en remettre, je regarde grand'mère. Mais souvent je la trouve les yeux dans le vide, et ses aiguilles à tricot restent immobiles.

Grand'mère rêve donc aussi? Et puisque ça ne peut être à l'avenir, ce doit être au passé. Grand'mère paraît être ailleurs..., chercher quelqu'un..., une ombre fuyante...

Serait-ce l'ombre de M. de la Varaudière?

Celui que je cherche, moi, n'a pas de nom, n'a pas même de traits, ou du moins il en change à chaque instant.

Hélas! voilà bien le néant de la psychologie.
A quoi bon ce flair dont je me vantais, et ce grand
travail d'observation auquel je me livre?

J'ai avoué déjà que je ne savais pas trop ce que
je voulais être... Eh bien! je ne sais pas davantage
ce que je voudrais qu'il fût, *lui* qui, un jour, sera
toute ma vie; je n'ai nulle donnée, nulle résolution, nul pressentiment à cet égard. Tout ce dont je
suis sûre, c'est que je l'aimerai de tout mon cœur. Et
peut-être bien est-ce en le connaissant que je me
connaîtrai enfin moi-même.

II

Il fait un temps à ne pas mettre un chien dehors, et grand-père, plein de sollicitude pour les rhumatismes de son vieux Mistra, m'emmène de préférence dans ses promenades quotidiennes.

Ce matin, je me suis laissé volontiers entraîner parce qu'il y avait de la neige, et que la neige est particulièrement blanche et jolie sous la verdure sombre de notre grande allée de sapins.

« Pas près qu'elle fonde! a constaté grand-père qui aime le froid, sans doute parce que grand'mère n'aime que la chaleur. Et le thermomètre dégringole toujours : quatorze degrés cette nuit. Sais-tu, Margot, qu'après les Vosges, nous avons ici la plus basse température de toute la France? »

Il dit cela avec orgueil, un peu jaloux seulement des Vosges, car la Franche-Comté devrait toujours l'emporter, et il poursuit, de plus en plus satisfait, en remontant son cache-nez à moitié de ses bonnes grosses joues toutes rouges sous les poils gris.

« Excellent pour la terre, ce temps-là ! nous aurons de fameuses récoltes. »

Il est d'un optimisme inébranlable ! D'après lui, les récoltes sont toujours excellentes au point de vue de la qualité si ce n'est de la quantité, le moindre chiendent qui consent à pousser à la Sapinière acquérant par ce seul fait une valeur exceptionnelle, et il contemple avec ravissement la plaine blanche qui constitue notre horizon.

Cependant une petite inquiétude lui vient :

« La circulation du tram doit être interrompue. »

Oh ! ce tramway départemental qui passe à quatre kilomètres de la maison, de quelle félicité n'a-t-il pas comblé grand-père !

D'abord, cette nouvelle sensationnelle à annoncer :

« Vous ne savez pas ? Nous allons enfin avoir le tram. Chez nous on est prudent, on ne se lance pas à l'étourdie dans les entreprises ; mais, une fois résolu, on fait bien ce qu'on fait ! »

Puis les débats palpitants du Conseil général, les menées des coteries à surprendre et à expliquer, le jeu du pointage et des pronostics.

Et le projet passant peu à peu sous nos yeux à l'état de réalisation, la rencontre des ingénieurs étudiant le tracé, la pose des jalons, des rails, l'appa-

rition et l'essai des voitures, enfin les premiers par-
cours accomplis.

Ce jour-là, grand-père en était à l'émotion. Sa
voix tremblait quand, en rentrant, il a dit :

« Tout a bien été !

— Tant pis ! a répondu tranquillement grand'-
mère. Mieux aurait valu dérailler du premier coup
et être délivrés de cette horrible machine. »

Elle en a toujours voulu au tramway, qu'elle juge
vulgaire d'abord, incommode ensuite, et, sur ce
point, je serais tentée de me rallier à son avis.

Autrefois, pour aller chez l'oncle Raoul, par
exemple, on attelait tout bellement le vieux landau
avec les vieux percherons qui, cahin-caha, abattaient
leurs seize kilomètres en deux petites heures, tandis
que grand'mère causait ou dormait un peu, majes-
tueusement, sur les coussins, sans froisser sa robe
de soie.

A présent, il faut encore se faire conduire à la
station du tram, et il ne nous mène que jusqu'au
Bréchart, où la voiture de l'oncle Raoul doit venir
nous chercher, trois transbordements après lesquels
on arrive chiffonné, fatigué, ayant toujours eu quelque
incident fâcheux pour vous mettre de mauvaise
humeur, sans compter la perspective d'épreuves sem-
blables au retour.

« Et voilà le progrès ! » déclare grand'mère ironique.

Le plus singulier, c'est qu'on ne pourrait plus revenir à l'ancien état de choses. Nos vieux chevaux se mettraient en grève si on exigeait d'eux la course qui ne leur coûtait nullement à faire il y a deux ans. « Le courant de la civilisation qu'on ne remonte pas, » dirait M. Marchand, et grand-papa a répété en regardant encore la place où se trouve ordinairement la route disparue sous la couche blanche :

« Point de tram! Personne ne viendra de Sanglier (Sanglier, c'est la propriété de l'oncle Raoul). Et Dieu sait quand les communications seront rétablies! »

Là-dessus, il est rentré un peu mélancolique tout de même, en secouant ses grosses bottes où adhéraient de petits paquets de neige sur le parquet bien ciré du vestibule.

Si grand'mère l'avait vu faire!

Heureusement qu'elle était encore dans ses appartements, où je suis allée la rejoindre.

Je l'ai trouvée prenant son thé en costume du matin; mais le bonnet est si pimpant avec ses coques de ruban mauve, la robe de chambre a une si belle queue, que ce déshabillé n'enlève rien à sa majesté, au contraire.

Elle m'embrasse sur le front, et me fait signe d'avancer mon tabouret devant le feu.

« Car la jeunesse même ne peut défier de pareils frimas, remarque-t-elle en ces termes choisis qui lui

viennent naturellement. On se croirait dans les régions
arctiques, ma pauvre Marguerite. »

Jamais elle ne m'appelle « Margot », comme le
fait grand-père. Elle a horreur des diminutifs, comme
en général de tout ce qui est amoindrissement, abaissement, vulgarité. Un peu de pompe lui est nécessaire et naturelle. Dès qu'on l'approche, on se redresse
d'instinct, comme à la cour, et grand-père, qui s'est
hasardé à entrer sur mes talons, se présente la bouche
en cœur :

« Bonjour, ma chère Athénaïs.

— Fermez la porte, monsieur Jupin, » interrompt-
elle avec ce calme digne qui coupe court aux effu-
sions.

Elle l'appelle « M. Jupin », n'ayant jamais pu se
résigner à l'appeler « Claude », un nom de valet de
ferme, dit-elle ; et le fait est que Claude et Athénaïs
sont deux noms qui ne vont guère ensemble, pas
plus, hélas ! que ceux qui les portent !

Ici, dans son petit sanctuaire, au milieu de ces
choses fragiles d'une élégance vieillotte dont elle aime
à s'entourer, grand'mère a l'air d'une petite figurine
de saxe, et le cher gros bon papa, avec sa vareuse
et ses pantoufles qu'il est allé mettre, paraît plus
rustaud que jamais. Il doit en avoir conscience, et il
se dandine, tripote les bibelots sur la cheminée, se
retourne, relève les basques de son habit pour se chauf-
fer, ne sachant que dire, et reprend enfin son antienne :

« La route est bloquée. Nous n'aurons pas de nouvelles de Sanglier d'ici longtemps. »

Grand'mère hausse les épaules d'un mouvement
qui signifie :

« Qu'importe ! Les nouvelles de Sanglier ne sont
pas d'un intérêt capital. »

Et c'est à ce dédain muet que grand-père réplique :

« Je voudrais cependant bien être informé de l'événement. »

Tout le monde sait que l'événement en question
est la prochaine naissance d'un petit Jupin–Jupin
qu'attend ma cousine Valentine ; mais, comme six
frères et sœurs l'ont déjà précédé, l'émotion se trouve
un peu usée, et grand'mère se borne à remarquer
sévèrement :

« J'aime à croire que nous serons informés en
temps voulu. Si Raoul s'est laissé amollir comme
vous au point de négliger jusqu'aux devoirs de con-
venance, son fils est là,... quoique, à vrai dire, il
n'y ait pas non plus beaucoup à compter sur l'activité
de Léon. »

Bon ! voilà encore mon pauvre cousin Léon qui
« écoppe », comme il dit. D'ailleurs, il est de règle
que tout retombe sur lui finalement, et cela se comprend un peu : un grand garçon de vingt-cinq ans
qui n'est propre absolument à rien, je l'avoue à sa
honte. N'empêche que cela me fait de la peine de le
voir ainsi sur le pilori à perpétuité, lui et avec lui

Ici, dans son petit sanctuaire, grand'mère a l'air d'une petite figurine de saxe.

les Jupin dont il est le type accompli, et j'ai cherché une diversion opportune :

« Grand'mère, nous n'avons pas fait notre lecture de piété. »

J'ai l'habitude de lui lire la vie du saint du jour, et j'ai remarqué que le moment le plus propice pour cette lecture est celui de son premier déjeuner. Est-ce que les sauterelles et les racines des anachorètes donneraient plus de saveur aux brioches bien chaudes? les chevalets et les grils des martyrs, plus de confort au fauteuil et à la robe de chambre?

Déjà grand'mère s'adoucit; mais, pendant que je cherche le livre, elle a encore le temps de soupirer :

« Dans la famille, vraiment, ce n'est pas sur les hommes qu'il faut compter. Voyez le mari de Valentine. Abandonner sa femme en pareille circonstance! »

C'est le cousin Jupin-Jupin qui maintenant « a son paquet », comme dit encore ce malotru de Léon, et, certes, son absence prête à la critique.

Mais est-ce tout à fait sa faute au pauvre garçon, si, étant administrateur colonial, il doit rester dans son village au fin fond de l'Algérie, dans la compagnie de cavaliers indigènes, et si le ministre, blasé lui aussi sur les événements familiaux des Jupin-Jupin, lui a refusé un congé? Cependant, comme grand-père plaide timidement sa cause :

« Laissez, dit grand'mère avec amertume; telles sont la brutalité masculine et notre délicatesse, que

vous n'avez même plus conscience des coups que vous
nous portez. »

Voici le sexe entier sur la sellette, et grand-père
seul pour répondre à ses méfaits. Je viens encore à la
rescousse. Je me hâte d'ouvrir le vieux livre relié en
veau qui relate, dans un style antique, l'histoire pittoresque de saints exhumés des chroniques moyen-
âgeuses et tout à fait oubliés dans les almanachs
modernes; mais la malchance veut que je tombe
pour aujourd'hui sur sainte Austreberthe.

C'est une princesse de Neustrie, enlevée et épousée
de force par un certain roi Clodebert, rien moins
que saint celui-là! qui, non content de l'avoir empê-
chée de suivre son attrait pour le cloître, s'applique
à lui rendre dure la vie conjugale, la bat, la traîne
par les cheveux, l'enferme dans un cachot, et finit
par lui faire crever les yeux; ce qu'elle supporte avec
une égale constance jusqu'à gagner, sans sortir de
son intérieur, la palme du martyre.

C'était un fameux témoignage à charge contre les
hommes, et grand'mère poussait de gros soupirs en
regardant grand-père qui baissait le nez, comme si
tous les forfaits de Clodebert eussent pesé sur lui.
Après l'aventure des yeux crevés, il est sorti à pas
de loup.

Mais l'histoire de sainte Austreberthe a fourni à
grand'mère une morale tout à fait inattendue, et,
quand j'ai fermé le livre :

« Le mariage est une bien dangereuse loterie, a-t-elle dit avec un gros soupir. Et, pourtant, comment ne pas tirer son numéro ? »

Elle est restée à méditer, et ce n'était pas seulement sur les vertus de sainte Austreberthe.

Est-ce l'influence de ce temps qui nous bloque entre quatre murs et semble resserrer jusqu'à nos idées en nous-mêmes ? mais voilà que je suis aussi retombée dans mes réflexions. Je me suis demandée d'où venait la rancune de grand'mère contre cette fameuse loterie où elle a tiré deux fois, et s'il ne faudrait pas l'imputer au premier numéro.

Voyons, M. de la Varaudière n'est pas mon grand-père, j'ai bien le droit d'examiner son cas.

Chose bizarre, cette fois les rôles sont intervertis.

C'est moi qui pense à M. de la Varaudière, au passé, tandis qu'à ce petit brouillard humide adoucissant les yeux tout à l'heure si terribles de grand'-mère, je vois bien qu'elle pense à moi, à l'avenir.

.   .   .   .

D'ailleurs, elle ne m'en a pas fait mystère, car la dignité de bonne maman ne met pas obstacle à sa franchise qui va jusqu'à l'impétuosité. Sous leur forme majestueuse, ses pensées se précipitent au dehors comme de grandes dames qui auraient revêtu en un tour de main leur robe de brocart et leur coiffure à panache.

Du bout de sa mitaine elle a essuyé son œil, et elle a repris avec fermeté :

« Ma chère fille, il faudra bientôt aviser à ton établissement.

— Oh! grand'mère, ne vous occupez pas de cela.

— Hé! qui donc s'en occuperait? Serait-ce, par hasard, ton grand-père? »

Toute sa véhémence lui était revenue du coup, et elle a continué sans plus faiblir :

« Ton grand-père ne s'est jamais occupé de rien. Il se laisse vivre au jour le jour sans regarder derrière ni devant lui, et je ne prétends pas le guérir de cette funeste insouciance; mais je saurai en réparer les effets. Ainsi, il prétend te confiner dans ce pays sauvage, dans ce cercle étroit. Je ne le souffrirai pas. Je ne laisserai pas tes charmes s'éteindre à l'écart. »

Je n'aurais jamais eu l'idée que mes charmes s'éteignaient sous le despotisme de grand-père, et je ne me trouve pas encore bien assurée de ce désastre. Néanmoins je me suis sentie un peu inquiète.

« Mais, ai-je objecté, je n'ai que dix-huit ans.

— Je me suis mariée à dix-sept, mon enfant. »

Le sujet s'offrait de lui-même, et, ma foi, l'occasion m'a paru trop tentante.

« Grand'mère, ai-je demandé timidement, M. de la Varaudière?... il était bien?... »

Grand'mère a levé un peu la tête; puis, sans se fâcher, de son air le plus digne :

« Ce fut un parfait gentilhomme. Nul ne l'a jamais contesté. »

Un parfait gentilhomme. Cela implique-t-il un parfait mari? Car ce n'est qu'à ce point de vue que M. de la Varaudière m'intéresse.

Quant à sa famille, nul de nous qui n'en connaisse l'illustration assez originale : un certain Ogier de la Varaudière, écuyer de Charles VII, immortalisé, suivant la tradition, sous les traits du valet de pique. On ne touche guère une carte sans rappeler cette anecdote plus ou moins authentique, et mon cerveau en fut si bien frappé dès le bas âge, que, n'étant pas encore de force à me démêler dans les dates et dans les généalogies, j'ai longtemps pris vaguement ce glorieux tarot pour l'ancien mari de grand'mère. Maintenant encore quelque chose de cette impression subsiste. Je regarde de bonne amitié l'image populaire comme un portrait de famille, et je ne puis m'empêcher de me représenter M. de la Varaudière avec une figure moyenâgeuse, longue, plate, blanche, entourée de noir. Il est vrai que je n'avais jusqu'ici aucune autre donnée sur son compte ; car grand'mère, qui seule peut parler de lui, n'en parle que rarement et d'une façon vague.

Mais ce matin elle m'avait ouvert l'armoire aux souvenirs, comme jadis aux jours de grande fête elle m'ouvrait le placard aux vieilleries, avec la permission de fouiller, et j'y suis allée hardiment :

« Grand'mère, il était brun?

— Du plus beau noir d'ébène.

— Il avait le teint...?

— D'une pâleur mate et intéressante.

— Et la figure longue...?

— D'un ovale élégant, » a rectifié grand'mère.

Tiens...! mais cela concorde assez bien avec mes suppositions. Grand'mère lui a concédé encore une tournure noble, un port de tête altier et des yeux d'Oriental...

« Est-ce qu'il était du Midi? » ai-je hasardé étourdiment.

Grand'mère m'a reprise :

« Je t'ai dit cent fois qu'il était de Versailles. »

Où donc avais-je la tête? Versailles est le théâtre de toutes les scènes imposantes qui se sont déroulées durant la jeunesse de grand'mère, et maintes fois elle me les a racontées sur place. Elle a encore sa maison de la rue de l'Orangerie, où elle s'est toujours réservé un appartement, et nous y avons séjourné autrefois. Je me souviens même qu'au temps où je n'approfondissais pas encore les vicissitudes matrimoniales, une querelle sérieuse entre grand-père et grand'mère était pour moi d'heureux augure. Il y avait chance pour qu'à bref délai on fît nos malles, on attelât les chevaux déjà vieux au landau déjà démodé, qu'on nous conduisît à la gare,... et en route pour Versailles, où grand'mère cuvait son ressentiment le temps convenable; après quoi, nouveau voyage et nouveau plaisir en rentrant à la Sapinière.

Une fois au couvent, j'ai cessé de participer à ces fugues. Les vacances se passaient à la Sapinière assez paisiblement. Règle générale, on se dispute moins l'été que l'hiver, grâce sans doute au beau temps et à la facilité de sortir, de s'éloigner l'un de l'autre.

Depuis mon retour définitif à la maison, je me suis bien évertuée à mettre de l'huile dans les roues, car les querelles ne m'amusent plus, oh! plus du tout. Mais mon huile ne suffit pas. Le mois de janvier s'est traîné difficilement. Si cela continue, je redoute à brève échéance une complète bousculade.

Ce retour attendri de grand'mère vers le passé est déjà un symptôme inquiétant.

« Tous mes souvenirs sont restés à Versailles, a-t-elle continué, et j'y ai conservé d'excellentes relations. Nulle part je n'aurai plus de facilités pour parfaire ton éducation et te produire un peu dans le monde. Je pense donc très sérieusement à nous y installer pour quelque temps, et j'en ai parlé hier soir à ton grand-père. »

Pauvre bon papa! Voilà le secret de sa bouderie de ce matin. Il aura regimbé, car il est aussi passionnément maniaque que peut l'être un excellent homme de sa sorte. Ne pas retrouver choses ou gens

3

à leur place ordinaire lui cause un indicible malaise,
— ceci sans parler des besoins du cœur, — et, quant
à l'arracher à son chez lui, grand'mère elle-même n'a
pas songé à pareille entreprise.

« Il faut bien l'habituer à se passer de nous pour
le temps où tu seras mariée et où j'irai te voir. Et,
s'il s'ennuie, Léon viendra ici lui tenir compagnie,
a-t-elle réglé. Je retarde notre départ seulement
par égard pour Valentine, et aussi pour te laisser
le plaisir d'être marraine. »

C'est vrai, je tiens à être marraine, surtout pour
ne pas faire affront à Léon, qui est parrain, et je
trouve le plan de grand'mère très sage. Voilà longtemps qu'elle a dû le mûrir. Si elle ne me l'a pas
communiqué plus tôt, c'est sans doute de peur de
faire trotter mon imagination.

Comme si chez une personne de mon âge l'imagination se livrait à ces écarts désordonnés! Ah! je
vois bien froidement toutes choses.

Je suis enchantée d'aller à Versailles, j'aimerais
mieux Paris cependant.

En comparaison, Versailles me fait l'effet d'un
astre éteint; la lune au lieu du soleil.

Mais enfin un voyage dans la lune a bien son
intérêt. Lors des précédentes explorations, je n'étais
pas encore à même d'apprécier, et Versailles ne me
laisse que le souvenir assez froid de grandes avenues
désertes où soufflait une bise glaciale, et d'un stock

de vieilles dames en visite chez grand'mère, qui faisaient défiler sous mes yeux toutes les modes de
coiffures du second empire. Certaines pouvaient
remonter à Louis-Philippe.

Versailles ne doit cependant pas être exclusive-
ment la ville des duègnes. Il s'y trouve bien des
jeunes femmes, voire des jeunes gens, et parmi
ceux-ci, qui sait...?

Chut! je ne dois pas avoir de ces idées-là,... mais
elles sont bien permises à grand'mère. Elle avait son
sourire fin en parlant de me « présenter dans le
monde », et je connais le sens caché de cette locu-
tion.

Comme les personnes graves sont légères cependant! Car, enfin, ce sont les parents qui ont édifié
ce monument imposant qu'on appelle les usages,...
et n'ont-ils pas été faire d'une salle de bal l'antichambre de la mairie et de l'église?

III

Ces trois dernières journées ont été terribles!

D'abord, le feu a couvé. Grand-père et grand'-
mère restaient comme des lutteurs en présence, me-
surant leurs forces et se lançant quelques gour-
mades préliminaires sous forme d'allusions piquantes
et de sous-entendus agressifs. Puis ils se sont
engagés à fond sur la question de notre projet d'hi-
vernage, et ç'a été une lutte épique. Grand'mère a
qualifié la Franche-Comté de pays déshérité du ciel,
et ses habitants de race obtuse et grossière; sur quoi
grand-père, poussé à bout, a appelé Versailles une
cité momie, et les respectables amies de grand'mère
un ramassis de vieilles têtes folles.

Là-dessus, ils se sont boudés pendant vingt-
quatre heures, ne s'adressant plus la parole, mais se

dédommageant par des réflexions aigres à la cantonade, et, comme je représentais la cantonade, la
position a fini par me devenir embarrassante, si bien
que j'ai eu recours aux grands moyens. Je suis allée
chercher M. Marchand.

M. Marchand tient chez nous un emploi modeste,
mais utile. Dans les grandes crises, il opère en
guise de chloroforme, et, de fait, rien ne résiste
à l'influence soporifique qu'il dégage avec son parler
lent et nasillard, sa figure molle et rasée, à lunettes
d'or et bonnet grec, et son éternelle redingote ver-
dâtre et tachée qui le fait ressembler à un vieil
essuie–plume. C'est le professeur de l'ancienne école;
non, mieux : c'est le professorat en personne, et
quarante ans de rabâchage dans les collèges de troisième ordre n'ont pu lasser son ardeur. Il guette
un élève comme le chasseur son gibier. Tout lui
est bon, d'ailleurs, jusqu'à l'enfant sourd-muet du
jardinier, auquel il prétend avoir appris l'histoire
romaine par signes, et qui ne sera toujours pas en
mesure de le démentir.

Les autres, en revanche, le fuient à l'envi, lui
et ses conférences historiques. Grand-père seul tient
bon.

D'abord, il a de la patience; ensuite, ayant
connu M. Marchand au collège, il s'est habitué à
s'ennuyer en sa compagnie et ne peut plus s'en
passer.

De temps immémorial M. Marchand a été invité
à la Sapinière pour les vacances, et depuis sa mise

M. Marchand.

à la retraite il occupe presque constamment ce que
nous appelons la maison du philosophe, un pavillon
Louis XVI dans le parc, qui semble avoir été des-

tiné jadis par quelque âme sensible à abriter le génie
malheureux.

Cette réminiscence de Rousseau et d'Ermenon-
ville relève aux yeux de grand'mère la personnalité
un peu fade de M. Marchand, sans compter que sa
manie historique, remettant toujours en scène les
rois et les empereurs, donne une belle tournure
à la conversation. Elle l'a donc accueilli d'assez
bonne grâce quand je l'ai amené, et à peine a-t-il
pris place au milieu de nous, que le calme s'est
refait comme par miracle.

Au bout de cinq minutes, grand-père ronronnait
déjà discrètement dans son fauteuil, et grand'mère,
pour éviter une pareille défaillance, a proposé une
partie de piquet; mais le valet de pique a ramené
le souvenir d'Ogier de la Varaudière, d'où l'évoca-
tion de la cour de Charles VI, et M. Marchand en
a profité pour passer à la guerre de Cent ans.

Cela promettait. Tant qu'on s'occuperait de ces
vieilles querelles, la paix de la Sapinière ne serait
plus menacée.

J'ai eu un bon moment de répit. Dans le salon
bien chaud, les volets clos et les lampes allumées,
on pouvait oublier la neige et le froid au dehors,
comme dans les navires on doit oublier parfois qu'on
est sur l'eau et à la merci des tempêtes : une sensation artificielle, mais qui ne manque pas de
charme.

Aussi avons-nous tressauté tous les quatre quand
la sonnette de la porte d'entrée est venue inter-

En voyant ce pauvre Léon, je suis partie d'un éclat de rire.

rompre le nasillement berceur de M. Marchand.
Grand-père, qui, en sa qualité d'ancien magistrat,

ne se pique pas de bravoure, a demandé tout ému :

« Qui peut bien arriver par ce temps, à cette
heure? »

Tandis que grand'mère se redressait, rêvant déjà
d'attaques, d'émeutes, d'anarchistes, et prête à faire
une belle résistance ou au moins une digne fin.

Vite j'ai couru voir ce qui en était, et, dans le
vestibule, je me suis heurtée à une grosse masse
noire et mouillée que nos deux vieux domestiques,
leurs flambeaux à la main, contemplaient en gémissant :

« Ah! monsieur Léon! monsieur Léon! dans quel
état! »

J'ai été méchante. En voyant ce pauvre Léon, avec
sa bonne grosse figure toute rouge, ses cheveux
collés par l'eau sous son chapeau transformé en
éponge, et sa peau de bique qui ruisselait, je suis
d'abord partie d'un éclat de rire.

Il a pris l'air choqué.

« J'arrive à pied de Sanglier, m'a-t-il dit. Douze
kilomètres dans la neige, où les chevaux ne veulent
pas marcher! »

Le fait est qu'il semblait à moitié congelé, et je
me suis hâtée de l'entraîner au salon.

Il résistait.

« Grand'mère va me recevoir comme un chien
crotté. »

Cela n'a pas manqué. Grand'mère est de l'école

romantique. Elle entend que les hommes fassent des prouesses, mais sans défraîchir leur plastron ni déranger leur toupet, et Léon a dû se hâter de fournir son excuse.

« Je suis venu vous annoncer la nouvelle. Valentine vient de me donner une petite nièce. »

On a dit : « Ah! » et grand'mère a demandé pour la forme :

« Valentine va bien?

— A merveille.

— Et l'enfant?

— Superbe! Grande, grosse, grasse! des mollets, des joues!... une vraie Jupin! »

Grand'mère a fait une légère grimace; mais l'enthousiasme de Léon n'a pas fléchi.

« Elle est si forte que, malgré le froid, on va pouvoir la baptiser tout de suite. »

Moi qui parle trop vite toujours, je n'ai pu m'empêcher de crier :

« Ah! tant mieux !

— Tu es pressée d'être marraine? a dit Léon.

— Non, mais je suis pressée de partir. »

J'avais parlé trop vite encore, toujours!

Grand-père, hostile à nos projets, n'a pas paru content.

Par bonheur, M. Marchand et l'histoire sont intervenus à propos... pour une fois!

« C'est le 19 février, a-t-il dit tout à coup en

assujettissant ses lunettes, comme lorsqu'il prépare une colle. Qu'est-ce que cela vous rappelle? »

Il nous fixait tous sévèrement, et personne n'ayant su répondre :

« Voyons, a-t-il repris, la naissance de Jeanne Hachette! Elle naquit le 19 février 1452 à Beauvais, de parents pauvres mais honnêtes. Cette enfant sera née le même jour que Jeanne Hachette.

— Sapristi! s'est exclamé grand-père, pourvu qu'elle ne lui ressemble pas!

— Plût à Dieu qu'elle lui ressemblât! a rétorqué grand'mère aussitôt. Une héroïne dans une famille,... quelle gloire!

— Oui, mais quelle gêne! a fait observer bon papa. L'héroïsme, c'est très beau, surtout pour le public. De près, on doit s'en lasser. Me voyez-vous avec Judith ou Charlotte Corday dans mes entournures? »

Grand'mère a eu un sourire dédaigneux :

« Je ne vous vois pas du tout ainsi, monsieur Jupin. Tranquillisez-vous, un excès d'héroïsme n'est pas à redouter chez votre descendante.

— Elle pourrait tenir de vous, grand'mère, » a suggéré Léon, que je n'aurais pas cru si intrigant.

Du coup, grand'mère lui a pardonné le triste état de son costume. Elle lui a même offert une tasse de thé, et, pendant que je le servais, on a cessé

« Tiens ! voilà mon petit cadeau de parrain. »

de tirer l'horoscope de la nouvelle venue pour s'occuper du nom à lui donner.

M. Marchand, naturellement, a proposé Jeanne, que grand-père a repoussé avec énergie.

« Athénaïs! » a dit Léon, qui a décidément résolu de capter les faveurs de grand'mère, je me demande dans quel but.

Mais il a manqué son effet. Nous avons déjà trois Athénaïs Jupin, et il a fallu chercher de nouveau. On s'est donc mis à faire le tour du calendrier. Les susceptibilités s'étaient réveillées, les humeurs s'aigrissaient, chacun ne s'appliquant qu'à battre en brèche l'idée de son voisin, ce qui n'avançait pas les choses.

De guerre lasse, on a déclaré que c'était au parrain et à la marraine de trancher la question, et on nous a envoyés, Léon et moi, nous consulter derrière le piano.

J'en avais aussi bien assez de la recherche, et, pour en finir poliment, j'ai dit :

« Appelons-la Léonie, puisque tu es son parrain.

— Oh! non, a-t-il protesté, c'est trop laid!

— Alors appelons-la comme moi, Marguerite.

— Oh! non, c'est trop joli! »

Il disait cela d'un ton pénétré, et j'ai cherché à comprendre.

« Tu ne veux pas que notre filleule ait un joli nom?

— Si,... mais pas le tien.

— Pourquoi?

— Parce qu'il ne va qu'à toi. Il ne peut y avoir deux Marguerite. »

Je n'aurais jamais trouvé cela toute seule; mais, à bien réfléchir, c'est gentil, délicat, flatteur.

Léon serait-il plus fin que je ne m'en étais aperçue jusqu'ici?

Sans avoir l'air de rien, il s'était mis à manœuvrer le pupitre du piano. Tout à coup il l'a levé, de façon à nous servir de paravent, et alors il a tiré de sa poche un petit paquet, qu'il m'a passé en devenant rouge comme une cerise :

« Tiens! voilà mon petit cadeau de parrain.

— Mais, Léon, tu sais bien que ce n'est pas de règle. Il est établi en famille qu'on ne se fend plus pour les bébés de Valentine, et l'abbé Jupin, qui a été parrain de l'avant-dernier, n'a rien donné du tout à ma tante de Rouen, sa commère. »

En défaisant le paquet, j'ai eu une nouvelle surprise.

« Léon, quelle folie! »

N'a-t-il pas été m'acheter une broche! Et c'est qu'il a très bien su la choisir, ce bon gros pataud : une marguerite en or et en émail, fine, jolie, un amour, et, en regardant de près, j'ai remarqué :

« Mais elle a trop de feuilles pour une marguerite ordinaire...

— Oui, a-t-il dit triomphant, c'est une reine-marguerite, et voilà pourquoi je l'ai prise. Cela répond à une idée que j'ai toujours eue sur toi. Tu as l'air d'une petite reine. Reine Marguerite, tu y es...? »

Je n'y étais pas du tout, ne m'étant nullement attendue à ce que ce brave Léon me conduisît soudain dans les sentiers enchevêtrés de la poésie, et nous restions à nous regarder, quand bon papa nous a interpellés :

« Eh bien! ce nom? »

Nous n'y pensions plus. Faute de mieux, j'ai proposé à Léon :

« Puisque je suis une reine-marguerite, appelons ma filleule Reine. Ce sera un souvenir de ce soir.

— Ça va, » dit-il vivement.

Nous avons reparu, comme la cour pour rendre son arrêt, et on était si fatigué des lenteurs de la procédure, qu'on n'a pas protesté. Reine, soit. On ne peut pas se casser la tête indéfiniment pour un numéro sept.

« Et là-dessus je file, » a soupiré Léon en reprenant son chapeau, qui fumait comme une galette sur un des chenêts.

Nous nous sommes tous récriés.

Par ce temps, ses parents comptaient bien qu'il dînerait et coucherait à la Sapinière, et rien ne pouvait l'obliger à se remettre en route.

4

Poussé dans ses derniers retranchements, il a fini par avouer :

« C'est que j'ai affaire en passant au Bréchard.

— Affaire à huit heures du soir? car tu n'y seras pas avant.

— N'importe. Je suis attendu par un ami.

— Ah! le jeune Montivrier! » a dit grand'mère en se pinçant un peu.

Le jeune Montivrier, fils d'anciens voisins qui sont morts à peu près ruinés, ne lui laissant qu'une maison au Bréchard, a cherché et trouvé fortune à Paris. Un oncle riche l'a adopté, et il vient de se marier; un très beau mariage, car la *Gazette de France* nous a donné tout au long l'historique et les alliances de la famille de sa femme. Mais ces prospérités semblent lui avoir tourné la tête; car depuis un mois qu'il est ici, sans doute pour restaurer son castel, il n'a fait aucune visite de noces, ce qui choque beaucoup grand'mère.

Léon s'en est ressenti.

« Je ne te retiens plus, a-t-elle dit avec son grand air de dignité offensée. Tu trouveras sans doute chez M. de Montivrier un confort et des distractions que nous ne saurions t'offrir.

— Oh! grand'mère, pouvez-vous supposer! »

Léon est resté indécis sur le seuil, regardant alternativement la nuit noire et maussade, et nos figures maussades aussi; car vraiment je trouve un peu ridicule cet empressement à joindre un camarade, quand le bon sens lui dit de rester et que je le lui dis également.

J'ai cru qu'il allait céder au moins à ma désapprobation muette. Il est assez avisé pour comprendre,... j'en ai eu la preuve.

Mais non, il remit sa peau de bique en soupirant :

« Allons, bonsoir. A bientôt. Pour le baptême, tu mettras une jolie robe, quelque chose de chic, Marguerite, n'est-ce pas? »

J'ai voulu le faire repentir de son incartade :

« Et toi, gare aux rhumes! Si tu n'es pas présentable, tu sais, je te laisse là, et je prends M. Marchand pour compère! »

IV

Ah! c'était bien la peine de prendre mon rôle au sérieux et d'étrenner ma jolie robe de velours.

Grand'mère a décidément raison. La simplicité est une bonne chose, mais à condition de ne pas l'exagérer.

Lamentable, ce baptême!

Procédons par ordre. Depuis hier les chemins sont redevenus praticables, et l'on nous a convoqués par dépêche à Sanglier pour ce matin dix heures.

Il a donc fallu partir à huit, s'étant levé, habillé, pomponné au petit jour, ce qui manque d'agrément, surtout lorsqu'on doit porter d'abord ses splendeurs dans le tramway.

Notre malchance a commencé aussitôt. C'était jour

de marché au Bréchard. L'oncle Raoul n'avait eu
garde d'y songer, et les premières mêmes se sont
trouvées envahies. J'étais entre grand-père et grand'-
mère, et il y avait toute une étude à faire avec leurs
deux profils, l'un placide, bienveillant, n'exprimant
que cette idée :

« Eh bien, ces braves gens ont un trajet à faire,
comme moi, et je ne peux pas leur en vouloir de
monter dans le tram. Je dois même leur en être
reconnaissant, puisque je suis actionnaire. »

Et, pendant ce temps, la mine dégoûtée de grand'-
mère disait :

« O ciel! où me suis-je fourvoyée? Comment me
laisse-t-on coudoyer ces rustres? qu'a-t-on fait de
mes gens et de mon équipage? »

A une station, un gros homme barbu est monté,
qui s'est assis à côté d'elle en soufflant comme un
phoque, puis qui a renversé sa tête et ses trois
mentons, et s'est mis à dormir. Ses cheveux ont
frôlé les pavots violets de la capote de grand'mère.
Alors elle n'y a plus tenu, elle est allée changer de
place avec M. Marchand en prétextant d'une voix
altérée :

« D'ici je verrai mieux le paysage. »

Et elle s'est mise à contempler l'affreux dégel de
la route et des champs.

Mais les choses mêmes lui étaient hostiles. En
approchant du Bréchard, elle a lancé un regard de

ressentiment à la maison des Montivrier qu'on aperçoit sur la gauche.

Vraiment, il faut qu'ils soient bien orgueilleux
pour s'y cantonner ainsi ! C'est noir, triste, déla-
bré,... et ils feront bien de commencer vite leurs
travaux de restauration, dont on ne voit pas encore
trace.

Pas un échafaudage, point d'ouvriers, personne
aux alentours, et les fenêtres encore fermées à neuf
heures et demie. Grand'mère n'a pas manqué d'en
faire la remarque, et quand nous nous sommes
retrouvés entre nous dans le grand break de l'oncle
Raoul.

« Ces jeunes Montivrier doivent avoir des habitudes de dissipation. Ils se lèvent tard, et les
domestiques profitent toujours des faiblesses de leurs
maîtres. Souviens-toi de cela quand tu auras une
maison à tenir, » m'a-t-elle expliqué.

Oh ! ma maison sera très bien tenue, j'ai les traditions de grand'mère.

Pendant que M. Marchand discourait sur la voie
romaine qui passe au Bréchard, je donnais déjà un
coup d'œil à mon futur intérieur, depuis le hall
tendu de vieilles tapisseries et égayé de jolis bibelots,
jusqu'à la serre où je cultiverai des plantes rares,
et la transition m'a paru un peu brusque en arrivant
à Sanglier.

Chez l'oncle Raoul, j'ai toujours éprouvé des

impressions toutes spéciales, variant avec les divers
états d'âme que j'ai traversés.

N'y a-t-il pas eu un moment où je préférais Sanglier à la Sapinière !

C'est beaucoup moins bien cependant, moins imposant, moins riche : une grande vieille baraque
dénuée de tout style à l'extérieur et de tout luxe au
dedans. On voit bien que l'influence de grand'mère
ne s'étend pas jusque-là.

Or c'est justement ce « lâchez tout » qui me
charmait jadis. Rien à ménager : les bons vieux
meubles que l'on malmenait sans scrupule, les
rideaux derrière lesquels on se cachait, les parquets
sans tapis où l'on dansait des rondes, la cuisine
hospitalière où l'on allait préparer des dînettes. En
même temps que ces plaisirs du jeune âge, Sanglier
a perdu son prestige. Le paradis de mon enfance a
cessé de m'attirer, et aujourd'hui je n'ai pas été loin
d'y voir un enfer.

Nous avons trouvé tout sens dessus dessous.
L'oncle Raoul, le fils aîné de grand-père, a hérité
de ses goûts faciles et champêtres, et il n'a pas eu
pour les combattre ces deux antidotes : la magistra-
ture et grand'mère.

Sa femme, tante Anna, entend l'existence comme
lui, à la bonne franquette, sans s'épuiser en raffi-
nements ni courir après un idéal d'élégance, et le
fait est qu'elle aurait de la peine à courir après

n'importe quoi, car elle est démesurément « puissante », comme disent ici les bonnes gens polis; elle est ronde comme une citrouille, rouge comme une tomate, simple comme une pomme de terre. Il y a ainsi des femmes-légumes, comme il y a des femmes-fleurs, les unes et les autres trouvant leur emploi. Tante Anna contente tout son monde, mais tout son monde n'est pas difficile.

En entrant dans le salon dénudé, en désordre, toutes les portes ouvertes, les housses déchirées, un chapeau par-ci, un manteau par-là, nous nous sommes regardées, grand'mère et moi, avec détresse.

« Que voulez-vous! a dit tante Anna souriante, en se laissant tomber dans son fauteuil, les enfants en ont fait des leurs; mais Léon aurait bien pu veiller un peu au décorum!

— C'est que je l'ai envoyé chercher les colis à la gare, dit l'oncle Raoul du fond d'un autre fauteuil. Pourvu qu'il ne soit pas en retard pour l'église! Nous devons y être à onze heures juste. M. le curé n'a que ce moment entre le mariage du boulanger et la retraite pour les enfants de la confirmation. »

Grand'mère a encore fait sa petite moue en observant qu'on aurait pu mieux choisir son jour pour une cérémonie familiale; mais l'oncle Raoul n'y regarde pas de si près.

« Bah! bah! a-t-il déclaré, c'est la vie, et on doit s'habituer à faire chacun ses petites affaires sans se gêner. »

Grand-père approuvait, et je me suis hâtée de demander à voir ma filleule.

Nous sommes montées, grand'mère et moi, chez Valentine, que nous avons trouvée dans son lit, en bonnet de nuit, la mine béate devant un horizon de langes séchant au feu.

« La petite est magnifique, nous a-t-elle dit. Comme son père sera heureux de la voir si belle! »

Il faut sans doute l'œil paternel pour démêler la beauté de ma filleule. Je n'ai été encore frappée que de son énormité. Elle remplit le vieux berceau de cretonne bleue où ses frères et sœurs faisaient pourtant déjà bonne figure.

« Tu peux la prendre, a proposé Valentine. As-tu peur de la casser? »

J'aurais bien plutôt peur qu'elle ne me cassât. Elle gigote, elle crie, et j'ai fait observer qu'il serait temps de l'habiller.

Valentine s'est réservée de prendre part à l'opération, en nous confiant :

« La nourrice est un peu idiote, mais j'aime autant cela. Ne me parlez pas de ces mijaurées avec des rubans de cinquante centimètres de large. Du lait et pas de prétentions, voilà ce qu'il nous faut. »

Nous sommes redescendues. On avait rassemblé

les enfants, sauf Loulou qui tousse, et Toto qui s'est
luxé la cheville (il y en a ainsi toujours quelqu'un
d'éclopé), et on s'apprêtait à partir pour l'église.

Léon était revenu de la gare; mais il s'habillait
et n'a paru que lorsque nous avons été à nouveau
entassés dans le break, moi tout au fond. Il s'est
élancé sans un mot pour s'asseoir sur la barre (car
dans les voitures de Sanglier on ne calcule jamais
le nombre des places), et je lui ai trouvé l'air tout
drôle. Il avait son chapeau enfoncé et son collet
remonté, et n'a pas semblé entendre quand je l'ai
interpellé.

Il a gardé ainsi le silence jusqu'à ce que nous
soyons arrivés, même quand il m'a offert le bras
sous le porche de l'église, tout mouillé et encombré
de gamins transis ayant des engelures jusqu'au bout
du nez.

De près, le nez de Léon aussi me paraissait d'un
rouge un peu vif, et je lui ai demandé :

« Qu'est-ce que tu as donc?

— Rien du tout... »

Sa phrase a été complétée par un éternuement
formidable, puis il s'est mouché non moins formi-
dablement. Il s'était enrhumé comme un loup dans
ses courses nocturnes, selon ma prédiction, mais
s'était arrangé pour dissimuler jusque-là.

« A présent, tu n'as plus le temps de me rem-
placer, » a-t-il dit, triomphant de sa perfidie.

J'étais furieuse, mais je suis entrée tout de
même. Il ne se gênait plus, et, tête nue dans
l'église, il a éternué de plus belle tout le temps
du *Credo*.

La cérémonie n'a été ni longue ni imposante.
Nous formions un tout petit groupe près des fonts
baptismaux, et, tandis que M. le curé précipitait ses
oremus, on éteignait sur le maître-autel les cierges
qui avaient servi au boulanger, et l'on rangeait à
grand fracas les bancs de bois destinés aux retrai-
tants.

Pour abréger encore les formalités, une grosse
pluie s'est mise à battre les vitres et a eu raison
même de la constance des gamins. Sous le porche,
il n'en restait pas quatre pour manger nos dragées,
et nous n'avons eu qu'à nous réempiler dans le break
vraiment élastique, avec, en surcharge, M. le curé,
qui tirait sa montre, ayant tout juste le temps de
déjeuner avant la retraite.

Il ne faut pas, dit-on, donner aux enfants un
nom significatif sous peine de le voir contredire par
la destinée. Ainsi les Hercule sont faibles comme
des poulets, les Aimée tombent sur des maris qui
les battent, les Fortuné et les Richard n'ont jamais
le sou. Suivant déjà cette règle, la jeune Reine aura
été traitée par-dessous la jambe.

« Elle n'en est pas moins bien portante et bien
baptisée, » a déclaré l'oncle Raoul lorsque, au retour,

grand'mère lui a insinué délicatement qu'on aurait pu faire mieux les choses.

Le déjeuner a été strictement de famille, et le menu aussi, une grosse daube, une grosse dinde, un

La cérémonie n'a été ni longue ni imposante.

gros jambon et des gâteaux du Bréchard, qu'on pourrait croire pétris avec du ciment. M. Marchand seul les a appréciés, au point de vue historique, comme ressouvenir du moyen âge.

« Si le temps n'avait pas été peu propice aux déplacements, nous aurions invité quelques voisins.

J'avais dit à Léon de nous amener les Montivrier,
a raconté l'oncle Raoul, qui ne manque pas une
occasion de mettre les pieds dans le plat, et Dieu
sait s'il a de grands pieds !

— Et les Montivrier n'ont pas jugé à propos de
répondre à cette invitation ? » s'est empressée de faire
observer grand'mère.

Léon a pris son air embarrassé en balbutiant :

« C'est moi qui ne la leur ai pas transmise. »

Il faisait un mensonge charitable pour disculper
ses amis à ses dépens, et tante Anna l'a admonesté :

« Tu oublies toujours tout. A ton âge ! On ne peut
rien tirer de ce pauvre garçon ! »

Ceci passé en règle, chacun s'évertue cependant
à exploiter cette matière stérile.

Léon s'est peut-être levé six fois de table pour
veiller à ce que les autres, qui ont si bonne tête,
avaient négligé, pour porter des consolations ou du
dessert à Loulou et à Toto, qui gémissaient, abandonnés dans leur lit, tout cela en éternuant lui-même
comme un malheureux.

Pendant ce temps, M. le curé regardait toujours
l'heure, et grand'mère, qui tient aux repas calmes,
marquait de plus en plus visiblement sa désapprobation. C'est une excellente mère ; elle aime beaucoup
l'oncle Raoul, qui est si bon enfant, et aussi tante
Anna, la plus inoffensive des belles-filles ; mais, chez
eux, elle ne se trouve pas dans son élément.

Grand-père, au contraire, est en plein dans le sien, et il s'y plonge, il s'y étale comme un gros poisson dans l'eau.

N'a-t-il pas ri de l'idée saugrenue de l'oncle Raoul, qui, en guise de dernier service, nous a présenté l'héroïne du jour sur le grand plat ancien de la cuisine, l'orgueil des ménagères de Sanglier depuis je ne sais combien de générations! Et tous deux ont comparé ma pauvre filleule à un beau petit cochon de lait.

Jamais, à la Sapinière, grand-père ne se serait permis pareille assimilation.

La société de l'oncle Raoul lui devient préjudiciable, et nous avons brusqué les adieux, au grand désespoir de M. Marchand, qui s'efforçait d'organiser un petit cours pour les enfants valides. Tante Anna s'est écriée :

« Vous nous quittez déjà! Et, avec vos projets d'escapade, qui sait quand on vous reverra?

— Pas avant notre départ pour Versailles, maintenant imminent, » a prononcé grand'mère, inflexible, en agrafant son collet doublé d'hermine.

Moi aussi je me sentais un cœur de roc, sans un atome de regret pour ce que nous allions quitter.

« Et quand nous reviendrez-vous ? » demanda Léon.

J'ai esquissé un geste vague pouvant aussi bien

embrasser des mois que des semaines, et il a paru affecté. Mais ce pouvait être de son rhume.

Quoiqu'il fût de plus en plus pris, il a voulu nous reconduire jusqu'au Bréchard, se faisant encore apostropher par l'oncle Raoul.

« Se promener, flâner, voilà bien son affaire! Ah! le grand flémard! »

Il faut vraiment aimer à flâner pour flâner au Bréchard par un temps pareil, et, malgré tout, j'ai eu un peu de peine quand nous avons laissé Léon sur le chemin avec son nez rouge et son air déconfit.

Mais grand-père a diminué ma compassion :

« Sois tranquille, il va chez ses amis... Toujours fourrés ensemble!... Qui diable m'expliquera cette intimité?...

— Léon devrait au moins en user pour leur faire comprendre le tort qu'ils se font dans le pays par leur attitude, a dit grand'mère, qui brûle au fond de recevoir la visite des Montivrier et de renouer avec eux.

— Ah! ouiche! il n'a pas su seulement leur dire un mot pour le fils du garde qui a si envie d'entrer chez eux, un brave garçon sortant de la cavalerie, qui ferait un excellent palefrenier ou même un second cocher. Jamais bon à rien, ce pauvre Léon!

— Voilà sans doute pourquoi vous le chargez de missions délicates et d'ailleurs absurdes, sans nulle chance d'aboutir. Vos rustres d'ici ne peuvent faire

l'affaire d'un jeune ménage parisien qui veut avoir un
état de maison.

— C'est qu'il ne me semble pas déjà si brillant,
leur état de maison ! » a grommelé bon papa, comme
nous repassions devant chez les Montivrier.

Ils se tenaient tous deux près de la barrière.

J'allais oublier la principale, la seule chose intéressante du jour.

Nous les avons aperçus enfin, ces mystérieux
Montivrier.

Oh ! ce n'a été qu'une vision rapide, imprécise,
lointaine, quand déjà la nuit commençait à tomber.

Ils se tenaient tous les deux près de la barrière
fermant la propriété du côté de la route, comme qui
attend quelqu'un. C'était Léon peut-être qu'ils atten-

5

daient, et je n'ai distingué que les silhouettes; mais cela suffit.

Lui, est grand, mince, avec cette élégance de tournure que l'on n'atteint qu'à deux conditions : avoir de la race et un bon tailleur. Elle, paraît un peu frêle et m'a semblé brune; je crois qu'elle est jolie, et je suis sûre qu'elle a de la grâce, rien qu'à la façon dont elle s'encapuchonnait dans son grand châle blanc.

La vue du tramway les a mis en fuite. Ils sont retournés vers la maison en se donnant le bras. Ils ont l'air de s'aimer beaucoup, ces jeunes Montivrier, et leur isolement du monde pourrait être l'effet, non de leur orgueil, mais de leur bonheur.

Je commence à les excuser, et leur apparition a déjà fléchi un peu le ressentiment de grand'mère.

« Ce sont des gens du monde, a-t-elle reconnu, trop lancés, je le crains; mais chez nous, vraiment, on ne l'est pas assez. A force de s'encroûter à la campagne, on ne se trouve plus en harmonie avec son milieu social. C'est pour te remettre à ton niveau, Marguerite, que j'ai hâte de t'emmener. »

Et moi j'ai hâte de partir. Je ne veux pas devenir comme tante Anna, quoique je la respecte, ni comme Valentine, pour tant que je l'estime. Je me sens très bien du monde, du même monde que cette petite Yvonne de Montivrier... Elle s'appelle Yvonne. Léon m'a renseignée.

Et je vais demander à grand'mère de m'acheter un capuchon blanc pareil au sien, pour m'envelopper en sortant du bal dès que nous serons à Versailles.

V

Versailles, 6 mars.

Nous y sommes !

Ce matin je me suis réveillée rue de l'Orangerie, dans ma petite chambre d'enfant tendue de cretonne rose, qui me paraissait jadis le *nec plus ultra* du luxe moderne, et que j'ai trouvée cette fois un tantinet défraîchie, comme la chambre de damas jaune de grand'mère.

Depuis douze ans, elle n'a plus rien renouvelé.

J'ai remarqué que, chez les femmes les plus élégantes, il y a toujours ainsi un moment à partir duquel l'élégance reste stationnaire. C'est lorsqu'elles pensent avoir accompli leur carrière et ne vivre plus désormais que de souvenirs.

Ce moment pour grand'mère a coïncidé avec le mariage de l'oncle de Rouen. Une fois son cadet si bien pourvu, elle a cru pouvoir faire valoir ses droits à la retraite ; mais je crois qu'elle se sent remise en activité. Encore en papillotes, elle est entrée chez moi ce matin, a trottiné partout, et s'est écriée :

« Nous allons passer chez Michaud, tu sais, mon tapissier de la rue Saint-Pierre, pour qu'il fasse le nécessaire. Ton grand-père n'y est pas, et je touche mes rentes le 15. »

Ah ! mon Dieu ! cette question d'argent, brûlante comme toutes les questions, ce n'est pas assez dire,... incandescente, et qui met toujours le feu aux poudres !

Grand'mère professe un beau dédain pour le vil métal, ce qui ne l'empêche pas de disputer à grand-père les cordons de la bourse, qu'il tient ferme en dépit de sa débonnaireté habituelle, et ils ennoblissent la querelle en prétendant défendre, qui son indépendance, qui son autorité.

« Vous n'avez nul droit sur ma fortune, car elle est dotale, » proclame grand'mère.

Ce à quoi grand-père réplique que, comme chef de la communauté, il n'en garde pas moins l'administration des revenus, et qu'il ne lui donnera pas un sou.

Mais elle tient sa vengeance prête :

« Vous aurez toujours bien la délicatesse de ne pas toucher à mon usufruit. »

C'est un usufruit laissé par M. de la Varaudière sur des biens qui reviendront ensuite à sa famille,

l'illustre descendance du valet de pique, et grand-
père n'ose pas mettre le grappin là-dessus. Le souvenir de M. de la Varaudière lui inspire du respect,
une certaine fierté et quelque jalousie ; car, au fond,
il reste très épris de grand'mère. Ses rigueurs ne
l'ont pas lassé, au contraire, et il soupire parfois :

« C'est dur pourtant d'en être encore à attendre
ma lune de miel ! »

Je crains fort que l'astre propice aux ménages ne
se soit trompé ici de conjonction.

Au lieu de lune de miel, une lune rousse s'est
levée, qui dure depuis cinquante ans et ne paraît pas
encore à son déclin. Quels orages, mon Dieu ! avant
notre départ de la Sapinière !

J'avais eu beau m'armer de résolution en songeant
aux grands intérêts en jeu, j'aurais donné beaucoup
tout de même pour rester quand j'ai embrassé bon
papa sur le perron, et que j'ai vu sa mine penaude,
toute pareille à celle de Léon, l'autre jour, sur le
chemin du Bréchard.

Mais ils se seront consolés ensemble, puisque Léon
a dû s'installer à la Sapinière.

M. Marchand est là aussi pour les endormir, sans
compter que nous ne serons pas séparés longtemps.
Je dois donc ne pas me faire trop de scrupule de ce
qui est inévitable, et m'appliquer à seconder les vues
profondes et mystérieuses de grand'mère.

Dès cette première matinée, elle avait son programme tout tracé, et, tirant son carnet, elle s'est mise à inscrire :

« Le tapissier d'abord. Ensuite, la couturière et la modiste. Tu ne dois pas avoir l'air d'une petite fille arrivant de la campagne avec son paquet dans un mouchoir, et nous pouvons y aller largement. Je te dis que j'ai mes rentes. »

Ces bienheureuses rentes de M. de la Varaudière sont attribuées à nos bonnes œuvres et à nos fredaines, et nous comprenons toutes deux que nous devons en retour quelque chose à sa mémoire.

Grand'mère écrit donc encore sur son carnet :

« Une visite à l'hôtel de la Varaudière. Je dois te présenter tout de suite à mon ancienne famille. »

Par cet euphémisme, elle désigne les parents de son premier mari : son ex-beau-frère, son ex-belle-sœur et leurs enfants, que j'ai bien dû voir autrefois, mais dont je n'ai conservé qu'un très vague souvenir. La situation est trop délicate pour que l'on risque de leur manquer d'égard. Aussi me suis-je gardée de dire que je trouvais la visite un peu précipitée, et, après déjeuner, j'ai été mettre ma robe de velours, celle du baptême, avec mon chapeau à plumes blanches.

Grand'mère m'a examinée des pieds à la tête, puis a déclaré : « Tu es convenable, » ce qui, dans son style, en dit long.

Nous sommes parties. Il fait aussi froid ici qu'à la Sapinière, mais pas le même froid. Une bise gla-

ciale souffle avec rage dans les places vides, dans
les avenues désertes, et cette bise a quelque chose
de sépulcral. Elle a l'air de chercher à réveiller la
ville morte, de hurler ou de soupirer à ses oreilles
de vieilles histoires du passé, les splendeurs finies,
les colères éteintes, les adulations populaires qui se
sont tues à leur tour. Plus rien n'en subsiste, les
échos eux-mêmes se sont lassés, et la ville ne se
réveille pas. Les rares passants continuent leur marche
indifférente. Des soldats circulent, petits et mesquins,
dans les vastes espaces où se déployaient les parades,
où les Suisses et les gardes-françaises faisaient admirer leur haute stature et leurs uniformes, et il faut
être une nouvelle venue comme moi, une élève de
M. Marchand, pour penser à ces choses, à ce qu'a
été la ville, même à ce qu'elle est. Ici, on vit l'œil
tourné vers le grand voisin, Paris, dont on attend
et dont on reçoit tout, et dont l'activité même vous
paralyse.

Le tapissier nous a promis de faire venir de Paris
ce que nous lui demandions; la couturière ira chercher demain des échantillons, la modiste des four-
nitures, et grand-père aurait triomphé et déclaré
que les magasins de Versailles ne valaient pas ceux
de Besançon.

Grand'mère elle-même a remarqué que le com-
merce avait baissé depuis son temps, et nous avons
eu besoin d'aller admirer le château.

C'est toujours aussi beau. Quelle grandeur, mais quelle solitude ! Le jour tombait, — plus tôt qu'à la Sapinière, — et, sur le trottoir mouillé, l'ombre des maisons me paraissait plus noire que celle de nos arbres et plus rébarbative. Eux me connaissent, nos vieux sapins ; les hêtres et les maronniers de Sanglier aussi, et elles ne me connaissent pas, ces grandes bâtisses, qui ne m'ont vue passer qu'autrefois, rarement et sans me regarder. Même la maison de bonne maman ne me connaît guère, habitée par des étrangers avec lesquels nous n'avons d'autres liens que ceux de la quittance de loyer et d'un voisinage de hasard.

Tout à coup je me suis demandé ce que je venais faire ici, et j'ai eu envie de pleurer ; sotte impression de petite campagnarde, contre laquelle j'ai réagi à temps.

« Marguerite, disait bonne maman, nous voici à l'hôtel de la Varaudière. »

VI

Cette visite est un événement trop important par lui-même et peut-être par ses conséquences, pour n'en pas faire une mention spéciale, et j'ai voulu prendre le temps d'asseoir mes impressions.

Celle qui domine, c'est que je suis allée rendre mes devoirs au passé. Je l'ai éprouvé tout d'abord sous la voûte d'entrée, en face de la concierge boscote et du lumignon fumeux qui éclairait sa petite figure ridée.

« Allez au fond de la cour, prenez bien garde aux démolitions, a-t-elle chevroté, tandis que son quinquet s'éteignait au vent.

— M. et Mme de la Varaudière sont vieux? ai-je dit pendant que nous avancions prudemment dans la cour où se dessinaient des tas de décombres informes.

— Ils sont beaucoup plus jeunes que moi, ce qui n'est tout de même pas la fleur de l'âge, a expliqué grand'mère. M. de la Varaudière avait bien quinze ans de moins que son frère. »

J'ai fait un rapide calcul, d'où j'ai conclu :

« Alors leurs fils sont à peu près de l'âge de mes oncles ? »

J'avais mal calculé, paraît-il, et grand'mère s'est impatientée :

« Leurs fils sont de jeunes gens. Tu ne te les rappelles donc plus ?

— Un peu, et c'est là justement ce qui me déroute... Ils étaient déjà des jeunes gens quand j'étais toute petite...

— Eh bien ! il y a une douzaine d'années, Gaétan avait vingt-cinq ans, il en a trente-sept, et Arnaud trente-cinq. C'est la jeunesse pour un homme. Quant au troisième, il ne compte pas encore : un petit lieutenant de dragons en garnison à Melun. Tu ne le verras pas. Mais les aînés sont des jeunes gens charmants et très sérieux. »

Elle tenait à son expression.

Je ne l'ai pas contredite.

Nous arrivions du reste à l'hôtel, vaste et architectural, autant que j'ai pu m'en rendre compte dans l'obscurité du grand escalier de pierre, dont un bec de gaz maigre et tremblant éclairait à peine les marches grises et la rampe noire.

Sur le palier du premier, une porte s'est ouverte d'elle-même, sans bruit, donnant accès à une antichambre faiblement éclairée aussi, et un valet de chambre à tête de sacristain, muet et falot, nous a introduites.

On devait nous attendre, car notre arrivée n'a produit nul émoi.

Devant la cheminée du salon, trois ombres se sont dressées avec un murmure accueillant.

La caractéristique de cette maison c'est que tout y est indistinct, les formes, les bruits, les choses. On dirait qu'ici le son et la lumière eux-mêmes se sont usés. Les lampes du salon fumaient, le feu charbonnait dans le foyer trop large, et les angles de la pièce étaient pleins d'une ombre épaisse d'où surgissaient des silhouettes de meubles massives et confuses.

Tout d'abord, j'ai pris cette vue d'ensemble, et c'est ensuite seulement que j'ai commencé à examiner les personnes.

M. de la Varaudière est tout petit, tout étriqué, tout rasé, avec quelque chose d'ecclésiastique dans le maintien et dans l'accoutrement. Il ressemble un peu à son valet de chambre, sans laisser pour cela d'avoir l'air distingué. La phrase qu'il m'a adressée et la façon dont il m'a avancé un fauteuil étaient tout à fait charmantes.

Je crois qu'il m'a dit tout bonnement : « Nous sommes heureux de faire votre connaissance, mademoiselle, » mais avec une voix douce et voilée et un sourire faible de bonne compagnie, et je me suis sentie flattée en m'asseyant sur ledit fauteuil Louis XIV, couvert d'une soie ténue qui semble ne plus tenir que par un fil, comme M. de la Varaudière lui-même et tout ce qui l'entoure.

Pour me rassurer, je me dis qu'il en était déjà ainsi il y a douze ans ; car à présent mes souvenirs me reviennent, et j'ai très bien reconnu Mme de la Varaudière.

Telle que je l'avais laissée : sur la tête, la même fanchon de dentelle noire sous laquelle apparaissent de longs bandeaux gris défrisés, un nez et une bouche qu'on dirait un peu enflés, comme ceux d'une personne qui vient de pleurer, et Mme de la Varaudière semble en effet toujours dans cet état. Elle est ce que grand'mère appelle un cœur sensible, et grand-père irrévérencieusement « un museau plaintif », s'étendant volontiers sur les sujets mélancoliques avec une voix au timbre gémissant ; très bonne d'ailleurs, et même très affectueuse. Elle m'a embrassée tout de suite, en me parlant de ma pauvre maman.

« Tu te la rappelles bien, Gaétan, a-t-elle dit, cette ravissante Mme Turrel-Alban, qui nous a été enlevée si jeune ? »

M. Gaétan a exprimé des sentiments très sympathiques assurément, mais que je n'ai pas saisis tout à fait, car il a la voix encore plus faible que son père, outre qu'il bredouille un peu. Il est plus falot

que tous les autres, maigre, maigre, pâle, des yeux
ternes, à peine des moustaches, et, sur la tête, un
duvet de poulet naissant qui fait peine à voir. Ma
filleule est certainement mieux pourvue.

Avec cela de la distinction, je ne le dénie pas, et
du mérite, j'en suis persuadée. C'est un spectre très
comme il faut. Seulement pourquoi grand'mère tient-
elle absolument à ce que ce soit un jeune homme?

En le voyant si laid, je me suis efforcée d'être
très gentille pour lui. Il a connu ma pauvre maman,
sa famille est encore plus liée avec la mienne que je
ne m'en doutais, et la délicatesse m'oblige à le traiter
presque comme un cousin.

Je ne pouvais guère me mêler à la conversation de
ses parents et de grand'mère, qui parlaient des gens
qu'ils ont connus autrefois, et qui sont tous morts,
malades ou en deuil, et j'ai causé avec lui, ce qui
n'est pas très commode, mais on finit tout de même
par s'habituer à son bredouillement. Il m'a raconté
que son père s'occupait de numismatique, et son
frère Arnaud d'art et de bibelot. C'est même ce qui
l'avait privé de nous voir; il assistait à une séance
des Amis des arts de Seine-et-Oise. Quant à lui, il
écrit dans la *Revue héraldique*, et cela exige beaucoup de travail. On doit connaître toutes les familles
de France, leur généalogie, leurs alliances, et pour
cela fouiller du matin au soir dans de vieux livres et
de vieux parchemins.

« Je ne sors presque jamais, et je paperasse souvent jusqu'à minuit, » m'a-t-il confié.

C'est pour cela qu'il a si mauvaise mine et que ses
cheveux sont tombés.

A côté de lui, je me suis sentie bien ignorante de
toutes ces choses. On ne m'en parle jamais chez les
Jupin, et je ne voudrais pas qu'il s'aperçût de cette
lacune dans mon éducation. J'ai été un peu embar-
rassée aussi quand il m'a questionnée sur nos relations en Franche-Comté. Il fallait absolument un nom
un peu ronflant à lui servir, et j'ai aventuré :

« Connaissez-vous les Montivrier?

— Je crois bien ! »

Il a fermé ses pauvres yeux fatigués, puis les a
rouverts en murmurant :

« Réchin de Montivrier : d'azur au heaume d'or ;
au chef de gueule chargé de trois merlettes d'argent,
pour support deux hercules devant deux lys de
France, l'un en dextre, l'autre en senestre.

— C'est cela, » ai-je dit de confiance, car je suis
assez sotte pour n'avoir jamais songé à m'enquérir du
blason des Montivrier.

Et il a remarqué modestement :

« J'ai une assez bonne mémoire. »

C'est bien juste qu'il ait quelque chose de bon, le
pauvre garçon ! Après un nouvel effort, il a haleté :

« Louis-Jacques, marquis de Montivrier, chef du
nom et des armes, château du Bréchard (le Bréchard,

« Je ne sors presque jamais, et je paperasse souvent. »

Doubs), fils unique de feu Jacques, marquis de Montivrier, et de la feue marquise, née de Rochas, de
l'Autunois, marié le 14 novembre dernier en l'église
Saint-Honoré d'Eylau, à Yvonne de Chambert, fille
de l'ancien préfet de Lot-et-Garonne, et de sa première femme, Mlle de Saint-Lizier.

— C'est bien cela, ai-je répété. Vous avez vraiment une faculté étonnante.

— Oh! non, a-t-il dit, l'habitude seulement! Je
connais ainsi toutes les familles de France. C'est moi
qui ai rédigé le dernier Livre d'or du clergé et de la
noblesse. »

Je n'étais plus à la hauteur, et j'ai tâché de détour-
ner la conversation.

« Vous connaissez aussi personnellement les Montivrier? »

Il a secoué la tête avec un peu de dédain.

« On ne peut mener de front les études et le
monde. Demandez-moi des généalogies; mais, pour
être au courant des actualités, on s'adresse à mon
frère Arnaud, qui est de toutes les coteries du faubourg. Vous le verrez à notre petite réunion du
dimanche, à laquelle vous nous ferez, j'espère, l'honneur d'assister, et vous pourrez lui parler de vos
amis. »

J'aurais peut-être dû dire que les Montivrier ne
sont pas mes amis. Ils sont ceux de Léon, c'est
vrai, ce qui revient à peu près au même. N'importe,

on ne doit pas se parer des plumes du paon (qui
aurait cru qu'ici le paon ce serait Léon)?

J'en serai quitte pour ne plus reparler des Montivrier. Tant pis! Ils m'intéressent, je ne sais trop
à quel titre, probablement pour s'être posés en gens
mystérieux, et j'aimerais à savoir ce qu'on raconte
d'eux « dans le faubourg », comme disent M. Gaétan
et les vieux romans que m'a lus grand'mère.

M. Gaétan a l'air d'un de ces héros de romans,
rancis tout doucement au fond des bibliothèques, et
dont les grâces nous semblent aujourd'hui antédilu-
viennes; et chez lui on paraît vivre aussi dans un de
ces romans, avec la même notion de suranné, d'invrai-
semblable, d'irréel.

J'ai fini par me taire pour mieux observer, et une
comparaison bizarre m'est encore venue. Les lampes
filaient de plus belle, le feu s'éteignait tout à fait.
Dans la pénombre, les figures seules se détachaient,
aussi blanches que celles des portraits de famille sur
les murs, et le tout ensemble m'a fait songer à un
vieux jeu de cartes. Le valet de pique sans doute qui
me hantait!

J'ai été aise d'échapper à cette obsession.

En redescendant le grand escalier, entre M. Gaétan
et son père, je respirais déjà mieux, et tout à fait
bien quand nous les avons laissés derrière la porte
cochère. Certes, je ne me plains pas de leur accueil.
J'apprécie l'honneur d'être admise dans leur société,

et je sais ce que j'ai à y gagner. Aussi m'empresse-
rai-je d'y revenir.

Mais entre eux et moi je sens un abîme, comme
de la vie à la mort. Un petit frisson me reste dans
les os, et grand'mère aussi, en sortant de chez eux,
paraissait refroidie.

« Je ne les avais pas revus depuis longtemps,
a-t-elle murmuré. Ce pauvre Gaétan est très défraî-
chi, en vérité ! »

D'un geste de mauvaise humeur, elle a ouvert son
parapluie contre l'averse qui commençait, et, tandis
que je marchais devant elle, je l'ai entendue murmurer encore pour se redonner du cœur :

« Mais Arnaud a deux ans de moins que son frère ;
il ne s'est pas desséché dans les paperasses, et il
a dû conserver ses cheveux ! »

VII

Hé bien! il ne pleut pas qu'en Franche-Comté!
Il pleut même davantage ailleurs, car grand-père
nous écrit en se vantant d'avoir là-bas un temps
superbe et de voir les pervenches fleurir, et ici,
voilà quarante-huit heures que nous regardons l'eau
couler.

Depuis que nous sommes sorties de l'hôtel de
la Varaudière, il n'y a pas eu un arrêt, pas une
éclaircie. Les tritons et les naïades du parc eux-
mêmes sont noyés, rien ne songe à fleurir dans les
parterres, les caoutchoucs s'enfoncent dans la boue
gluante des avenues, et je regrette mes petits
sabots.

Il n'y a pas que Léon non plus qui éternue.
Les vieilles dames dont nous venons de faire la

tournée ne nous ont parlé que de leur grippe. Elles
sont beaucoup plus cacochymes encore que dans
mes ressouvenirs, et grand'mère est toute fière quand
elle peut constater :

« Celle-là a encore bien sa tête. »

A passer cette revue, elle s'est attristée, — probablement en faisant un retour sur elle-même, — et
je me suis frappée aussi. Elle a beau rester jolie,
et intelligente, et vive, ma chère petite grand'mère,
elle a beau imposer à l'âge, comme elle impose à
tout le monde, l'âge est là, néanmoins, qui prendra
sa revanche. Je ne les garderai pas toujours, elle
et grand-père, et je dois me dépêcher de les rendre
heureux. Or ils ne le sont pas. Comment se fait-il
qu'à la Sapinière je ne m'en sois qu'à peine aperçue?…
sans doute l'habitude de voir toujours les choses de
même et de ne pas s'occuper sérieusement de leurs
petites querelles, sous prétexte qu'elles ne tirent pas
à conséquence, et qu'au fond ils sont très attachés
l'un à l'autre.

Comme si cela suffisait! Ne pas s'aimer en ménage autant qu'on doit s'aimer, ce doit être affreux.
Je le comprends chaque jour davantage. Ce sont
mes études sur le mariage qui portent leur fruit,
et serais-je une fille reconnaissante si je n'en
faisais pas profiter d'abord mes chers grands-
parents?

Vraiment, à quoi ai-je pensé jusqu'ici! Je comp-

tais employer ma petite intelligence et mon petit
sens à m'arranger une vie heureuse.

Mais arranger leur vie à eux est autrement pressé,
hélas! Ils n'y songent pas. Ils s'occupent de moi.
Eh bien! donnant, donnant. Je n'accepterai d'eux
mon bonheur qu'après les avoir aidés à trouver le
leur, qu'ils cherchent depuis cinquante ans. C'est
juré, je ne les quitte qu'après les avoir réconciliés.
Oh! je sais que la tâche est ardue. Mon oncle l'abbé
s'y est essayé en vain... Mais un prêtre! il ne devait
pas être assez pénétré de son sujet.

Moi, je me sens inspirée, armée d'une résolution
à toute épreuve. Dussé-je la prendre avec les dents,
ils l'auront, leur lune de miel! Ma décision date
de ce matin, et, avant midi, j'avais fait mon premier pas. Nous sommes en mars, le mois de saint
Joseph, patron des bons ménages, le moment ou
jamais de le mettre dans nos intérêts.

A l'issue de la grand'messe, en passant devant
son autel illuminé et fleuri, je me suis arrêtée :

« Vite, grand'mère, une petite oraison. »

Grand'mère est trop pieuse pour manquer d'égard
à un saint, surtout à un saint aussi respectable. Elle
s'est mise à genoux, l'a bien remarqué, souriant et
bonasse dans sa barbe grise, et a marmotté avec
ferveur.

Mais elle n'est pas entrée du tout dans mes intentions.

En sortant, elle m'a dit :

« C'est pour toi, ma petite fille. »

Bah! saint Joseph n'a pas besoin d'intervenir dans ce qui me concerne. Les affaires n'iraient que trop facilement et que trop vite.

Devant l'église, nous avons retrouvé les moins grippées de nos vieilles dames qui nous ont fait une escorte d'honneur jusque chez nous, et, chemin faisant, l'une a glissé un mot de son fils, qui est un modèle; l'autre de son neveu, qui a tant d'avenir, et la troisième, d'un jeune ami qui est tout à fait intéressant.

Grand'mère les laissait dire avec son petit pli dédaigneux à la lèvre que je connais bien, et, quand nous sommes rentrées toutes deux pour déjeuner, elle m'a démoli en un tour de main le fils, le neveu et le jeune ami.

« Son fils, je le connais, un blanc-bec qui n'a pas encore fini son droit. Le neveu habite la campagne : quelque lourdaud dans le genre de ton cousin Léon; et l'autre, un quart d'agent de change, un financier, un boursier! Rien qui mérite d'attirer notre attention! »

Je suis donc en droit de viser plus haut! Tant mieux! Et de son grand air de dignité grand'mère a ajouté :

« Si le hasard ou quelque manœuvre te mettait en présence de l'un de ces messieurs, je n'ai pas besoin,

Marguerite, de te prescrire une attitude froide et décourageante, comme du reste à l'égard de tout jeune homme que je ne te recommanderai pas moi-même.

— Soyez tranquille, grand'mère. »

N'empêche que cette prescription me gêne. Si je dois traiter tous les jeunes gens en prétendants à évincer, je deviendrai leur bête noire, je n'aurai jamais un danseur, et, dans ces conditions, autant vaudrait ne pas aller dans le monde.

Enfin nous verrons.

Jusqu'ici, nous n'avons en fait d'invitations que le dîner de ce soir chez les la Varaudière, un milieu sûr, où il n'y a aucun traquenard à redouter, et où je n'aurais pas à me tenir sur mes gardes, n'était l'importance exagérée que grand'mère attache à l'effet que je dois produire : l'honneur de sa nouvelle famille à soutenir devant l'ancienne.

Il y a là une question d'amour-propre que je comprends et qui me touche. J'ai donc mis ma robe blanche, qui est d'une simplicité tout aristocratique; en outre, c'est celle qui me va le mieux (nulle part il ne messied de paraître à son avantage), et je m'étais reposée deux heures avant dîner pour être plus fraîche, quoique vraiment, chez les la Varaudière, on ne doive pas être trop exigeant sur la fraîcheur.

Enfin, toujours en vue du décorum, pour franchir

les quatre pas qui nous séparent, une voiture de remise est venue nous prendre à six heures vingt-cinq et nous a fait faire une entrée brillante, mais un peu difficile, dans la cour toujours obstruée par un tas de démolitions que je n'ai pu encore bien définir.

Le valet de chambre se tenait cette fois au pied de l'escalier, et les portes en haut étaient grandes ouvertes. Nous n'étions pas seules invitées à ce dîner hebdomadaire. Dans le salon, plusieurs ombres se sont rangées pour laisser passer la traîne de satin violet de grand'mère, et j'ai distingué les plastrons blancs de MM. de la Varaudière père et fils qui s'inclinaient. Mme de la Varaudière m'a encore embrassée, — toujours avec sa fanchon sur la tête ; — mais je n'ai pas eu le temps d'en voir plus. On annonçait déjà : « Madame la vicomtesse est servie. » M. de la Varaudière offrait son bras à grand'mère, et M. Gaétan m'a offert le sien. Ah! quel bras! une baguette. Cela m'impressionnait d'y poser mes doigts, comme si j'allais prendre part à la danse macabre, et j'ai été bien aise de le lâcher à la salle à manger.

Une belle pièce, cette salle à manger de l'hôtel de la Varaudière, avec une tenture de vieux cuirs de Cordoue et des bahuts anciens, très noirs et très sculptés; sur la table des cristaux fins, un service de porcelaine armorié et du vermeil un peu dédoré, les plats sur des réchauds à l'ancienne mode, et, pour ornement, une corbeille de camélias. Les la Varaudière sont des gens qui font bien les choses.

Seulement les lampes ne marchent toujours pas, et cet éclairage terne surprend à une époque où on a l'électricité, même au Bréchard. C'est ce qui contribue à donner aux gens cet aspect blafard et mélancolique, et je dois compter aussi avec l'habitude que j'ai de ne voir autour de moi que des figures épanouies et enluminées. Grand-père ferait une drôle de mine ici, et je ne sais s'il s'y plairait beaucoup, lui qui aime avant tout son petit confort et ne se soucie nullement de la pompe.

Le confort est un peu sacrifié, on a trop de préoccupations plus relevées. Jamais je n'ai eu aussi froid aux pieds que pendant le dîner; mais c'était une réunion de bonne compagnie, s'il en est encore.

Voyons, que je me rappelle :

D'abord un chanoine, mais un chanoine d'essence supérieure, avec des liserés rouges et une grande croix pastorale, presque un évêque. Ensuite, un vieux général qui avait épousé la fille ou la petite-fille de je ne sais quel maréchal, dont on lui parle toujours, bien qu'il soit veuf depuis trente ans. Puis un autre monsieur qui a été candidat royaliste, battu à plusieurs élections, et deux vieilles demoiselles avec

de très grands nez, qui ne sont pas bien riches, je
crois, mais qui sont les nièces d'un pair de France.
Enfin une grosse dame, la veuve d'un amiral. Toujours des gens dépareillés, comme dans les magasins de bric-à-brac, où tout est précieux mais in-
complet.

Nous avons eu les honneurs du jour. Grand'mère
était à la droite de M. de la Varaudière, et, l'occasion lui paraissant en valoir la peine, elle se mettait
en frais.

De temps en temps elle me faisait des yeux un
petit signe pour me dire de l'imiter, et j'essayais,
mais sans beaucoup d'entrain. J'étais entre ce pauvre
M. Gaétan, plus spectral que jamais, et M. Arnaud,
dont je venais de faire la connaissance, et qui m'in-
timide horriblement.

Au physique il est moins impressionnant cependant que son frère, moins maigre, les joues moins
creuses, l'air plus jeune, fané seulement, pas encore
décrépit, et surtout il a des cheveux, oh! pas énor-
mément, et pas de beaux cheveux : roux clairs, qui
tranchent à peine sur son teint pâle, le teint de sa
famille, et sa moustache est du même roux. Myope
avec cela, un lorgnon vissé sur les yeux, dont on
ne voit pas la couleur, ce qui ne forme pas un
ensemble très agréable.

Mais le pire de tout, ç'a été lorsqu'il a ouvert
la bouche.

Il n'a presque plus de dents.

Néanmoins il paraît se « gober », comme dirait Léon.

Dans sa politesse, il n'y a pas cette humilité qui fait de la peine chez le pauvre M. Gaétan, et, quoiqu'il bredouille un peu aussi, il s'écoute parler.

C'est qu'il est très savant, surtout en ce qui concerne l'art et la curiosité, et il est aussi très répandu, mais seulement dans le monde sérieux. Il fréquente les salons littéraires, dîne avec les académiciens, et conseille les duchesses qui font des collections; mais, quoiqu'il se connaisse à tout, lui, pour sa part, ne s'attache qu'aux vieilles ferrailles,... non,... aux ferrures, à la ferronnerie, je ne me rappelle plus bien le terme, et il m'a promis de me montrer sa collection de vieilles clefs. Je lui ai assuré que je m'y intéressais spécialement (c'est un mensonge, je n'ai jamais songé aux clefs que lorsque je les perds), mais je n'ai pas voulu faire honte à grand'mère; et lorsqu'il m'a demandé quelles clefs je préférais, j'ai répondu hardiment : « les clefs renaissance, » ce qui est bien tombé, paraît-il, car il a décrété que j'avais du goût. Il ne parle que par décrets ou par sentences, sans sourire jamais, et autant lui vaut s'en abstenir du reste jusqu'à ce qu'il ait un ratelier.

Somme toute, j'aimais autant l'entretien de M. Gaétan.

Mais, de celui-ci, je ne parvenais plus à tirer un mot. Il me versait à boire d'un air complètement abattu, comme s'il devinait que je l'ai comparé à un spectre. Grand'mère, cependant, ne le lui aura pas dit! Ou bien voulait-il laisser parler son cadet?

Le dîner était si long, que les sujets ont fini par nous manquer. Nous avons peu de liens ensemble, et, un moment, M. Arnaud est resté son lorgnon fixé dans le vague.

Puis, avec sa perspicacité d'homme du monde, il a trouvé un fil ténu pour renouer la conversation.

« Mon frère m'a dit, mademoiselle, que vous aviez quelques renseignements à me demander sur vos voisins du Bréchard? »

Je ne sais pourquoi je me réveille toujours un peu quand on parle des Montivrier. Ce jeune homme blond et cette jolie femme svelte encapuchonnée de blanc que j'ai vus passer, l'un au bras de l'autre, me sont demeurés comme une vision qui m'a paru plus charmante à évoquer ici qu'ailleurs, et j'ai protesté faiblement :

« Oh! monsieur,... ce n'est pas d'un intérêt majeur.

— Mais si, mais si, a-t-il déclaré. On est bien obligé d'être au fait de ce qui se passe dans son monde, ne serait-ce que pour ne pas commettre d'impair. »

Si j'allais commettre un impair devant M. Arnaud!
J'ai tremblé à cette perspective.

« Ainsi, a-t-il continué, ces jeunes Montivrier se
trouvent dans une situation fort délicate.

— Ah! vraiment? »

Il s'est étonné :

« Vous ne le saviez pas? Dieu sait pourtant si
l'on en a parlé de ce mariage! »

Il oublie que je n'étais pas « au faubourg »
pour prêter l'oreille, et je n'ose le lui rappeler,
quelque envie que j'aie de savoir.

Heureusement qu'il a repris de lui-même :

« Ç'a été toute une histoire. Mme de Montivrier
s'est mariée sans le consentement de son père.

— Oh! »

Qui aurait cru cela de cette petite Yvonne!

J'ai été si affectée que M. Arnaud, qui a du tact,
s'est empressé d'atténuer :

« Sans le consentement de sa belle-mère, devrais-je
dire; car le père, très affaibli d'esprit, se trouve
entièrement sous la domination de sa seconde femme. »

S'il ne s'agit que d'une belle-mère, je suis portée
à donner raison à Yvonne.

M. Arnaud a continué, du reste, à la disculper :

« Ce mariage était arrangé depuis longtemps à la
satisfaction générale, et on ne sait trop pourquoi,
au dernier moment, la belle-mère est venue brouiller

7

les cartes. Mais un scandale est toujours très pénible
en pareille occurrence. Ils ont dû se marier sans
l'assistance d'aucun membre de la famille, d'une
façon presque clandestine. Moi-même je n'ai pas été
invité à la messe. »

Cette abstention lui paraît un vrai désastre pour
les nouveaux mariés, et il a conclu :

« Dans ces conditions, ce qu'ils avaient de mieux
à faire, c'était de disparaître, au moins pour quelque
temps. C'est dommage. Montivrier est un gentil
garçon, bien qu'un peu léger, et sa femme une
charmeuse. Il fallait bien qu'elle le fût pour décider
son fiancé à franchir certains obstacles devant lesquels il est de règle qu'un galant homme se
retire. »

M. Arnaud parlait *ex cathedra*, et, pour alam-
biqué que fût l'arrêt, je crois bien qu'il donnait
tort aux Montivrier. Un gentil garçon un peu léger,
qui va contre les règles. Mais ça sonne très mal!
Et sa femme, une charmeuse. Cela veut-il dire, en
style mondain, une intrigante? Pourvu que ce ne soit
pas une mauvaise société pour Léon !

Voilà que je me suis mise à m'inquiéter de Léon,
tout à coup, au dessert. Comme si c'était le moment
de penser à un propre à rien de son espèce, quand
on a l'honneur d'être chez les la Varaudière!

Je suis assez fine pour saisir les nuances sociales.
Les la Varaudière sont de beaucoup au-dessus de

nous, si bien nés, si distingués, si respectables! très riches aussi (sauf que leur fortune consiste principalement en terres qui ne rapportent rien et en maisons qui ne se louent plus); mais les grands seigneurs ne doivent pas s'ingénier à faire de bons placements comme grand-père.

Et quelle supériorité d'éducation! Je n'en veux pour preuve que les délicatesses dont on me comble.

J'ai servi le café comme la fille de la maison, et M. de la Varaudière, avec son tact parfait, a parlé au général de mon père, qui était militaire; au chanoine, de mon oncle l'abbé, et au candidat royaliste de l'oncle Raoul, maire conservateur de sa commune, tout cela afin de mettre la famille en relief et de corriger l'effet de ce malheureux nom de Jupin, qui jamais ne m'a semblé aussi laid que ce soir. Qu'en doit penser M. Gaétan, lui dont la tête contient tout le Livre d'or?

Rien ne s'en est plus échappé, et, pour me distraire, on m'a menée voir les clefs de M. Arnaud.

Il en a toute une collection dans la grande bibliothèque qui fait suite au salon, une belle pièce encore. Mais, mon Dieu! qu'il y fait froid!

Même à Sanglier, avec toutes les portes ouvertes, on ne parviendrait pas à geler comme dans cet hôtel de la Varaudière. C'est une humidité glaciale qui tombe des plafonds, qui sort de chaque coin, comme si tous les hivers passés s'étaient condensés dans ces vieux murs. Et il faisait noir aussi. M. Arnaud promenait sa lampe sur les vitrines, et les clefs apparaissaient couchées sur leur lit de velours rouge, puis disparaissaient.

Il y en avait de toutes sortes et de toute époque : d'énormes, datant du moyen âge, rébarbatives qui avaient dû fermer des forteresses ou des cachots ; d'autres, extraordinairement compliquées, qui faisaient penser à des trésors cachés ; des clefs d'église splendides, avec des motifs symboliques ; des clefs renaissance (les miennes), vrais objets d'art ; et des clefs de meubles, fines et ciselées ; et de toutes petites, bizarres et perfides, comme il devait y en avoir en Italie aux jolies cassettes à poison.

Que d'histoires et de secrets elles représentent, ces clefs ! Mais leur temps est fini.

Elles n'ouvriront plus jamais rien.

Ce sont des choses mortes qui demeureront à cette même place, inutiles et mystérieuses comme tant de choses ici, et, en finissant de passer la revue, j'ai eu le cœur serré.

« Celle-ci vient de Trianon ; elle a servi à Marie-Antoinette, expliquait M. Arnaud, et voici une des clefs du Temple. »

Je les ai touchées toutes les deux : l'une mignonne, dorée, un bijou ; l'autre lourde et brutale, presque un instrument de supplice, et les récits de

M. Arnaud promenait sa lampe sur les vitrines.

M. Marchand n'auraient pu si bien faire revivre l'histoire déjà presque légendaire qui commence en conte de fée et s'achève en tragédie.

« Pourquoi donc, ai-je dit à M. Arnaud, tout ce qui est joli a-t-il toujours appartenu à Marie-Antoinette? »

Il m'a fixée d'un mot :

« Parce que l'élégance et la beauté ont fini avec l'ancien régime. »

J'ai reposé l'une à côté de l'autre les deux clefs, qui sont les dernières. Naturellement M. Arnaud n'a pas recherché les produits d'une époque ultérieure, où l'art doit rester improductif, puisque l'élégance et la beauté ont à jamais disparu.

Quelle malchance tout de même d'être venue au monde après cette éclipse, et de devoir reporter toutes ses admirations vers le passé, comme on fait ici!

Au salon, M. de la Varaudière m'a montré à son tour sa collection de médailles. Pendant une heure, des effigies royales ont encore passé sous mes yeux, et je finissais par en avoir un éblouissement, quand, un peu avant minuit, notre remise est venue nous reprendre.

Grand'mère aussi se ressentait un peu de cette griserie aristocratique, et elle s'animait en me félicitant.

« Tu t'es fort bien posée, sans détonner le moins du monde dans ce milieu nouveau, et je com-

mence à espérer qu'on pourra faire quelque chose
de toi.

— Quoi donc? » ai-je demandé d'un air innocent.

Grand'mère a hoché la tête en souriant :

« Qui sait?... une grande dame. »

Ces mots ont flatté mon petit amour-propre.
Une grande dame! Ne serait-ce pas là ma voca-
tion que je cherchais en vain? Eh! mon Dieu! à
Léon je fais bien l'effet d'une reine!

Léon,... la Sapinière,... grand-père et sa lune
de miel!...

Ma résolution du matin, un peu oubliée, m'est
revenue comme un remords, et, pour réparer le
tort que cette soirée avait pu faire à l'absent :

« Oh! ai-je dit d'un ton détaché, une particule, un
titre, c'est un joli luxe assurément, et qui me plairait; mais le premier de tous les luxes c'est d'avoir
un bon mari, dévoué, facile et qui vous aime, un
mari comme grand-père. »

J'ai fait un complet fiasco.

« Il s'agit bien de ton grand-père! » s'est
écriée bonne maman, comme j'ouvrais la portière
pour descendre devant notre porte.

Et elle a passé devant moi en faisant traîner sa
queue d'un air digne et désappointé que je connais.

« Bonsoir, Marguerite. »

Puis un baiser du bout des lèvres, et elle s'est
renfermée dans sa chambre avec un bruit de ser-

rure que je connais encore et qui marque son isolement voulu, au milieu d'une postérité incapable de
répondre à ses espérances.

Je n'ai pas beaucoup avancé les affaires de grand-
père. Rien d'étonnant. En cinquante ans, les cœurs
se ferment, se rouillent; mais je trouverai bien
moyen de les ouvrir tout de même, fallût-il essayer
autant de clefs que m'en a montré M. Arnaud.

VIII

Il n'y a pas à dire, nous faisons florès. En un
rien de temps les anciennes relations de grand'mère
se sont renouées et augmentées des amis de ses
amis, tant et si bien que nous connaissons à présent
tout le monde, le monde select s'entend, celui qui
gravite autour des la Varaudière, une vraie société de
province, un peu froide, un peu figée, renforçant
encore les principes qui lui servent de défense, à
sentir Paris si proche et l'époque si relâchée.

Il n'en est que plus flatteur pour moi d'avoir si
vite forcé toutes les barrières. Non seulement je suis
accueillie, mais choyée, et on me prodigue toutes
les distractions que permet le carême. Les vieilles
dames les plus pieuses tournent le mandement pour
organiser des five o'clock avec du thé sans lait et

des gâteaux sans œufs; l'on a même improvisé de
petites sauteries entre intimes après les soirées
de musique; j'ai vendu à un bazar de charité, et
dimanche prochain, qui est le dimanche des Ra-
meaux, faute de mieux, on me fera quêter à la
cathédrale.

Puis, le soir, le raout hebdomadaire des la Varaudière que nous ne manquons jamais. Chez eux, je
suis tout à fait de la famille, et, en entendant M. de
la Varaudière qui persiste courtoisement à appeler
grand'mère « ma sœur », les étrangers finissent par
s'y embrouiller et me prennent pour une petite-
nièce. Cela ne peut que m'honorer; cependant je
trouve que c'est passer un peu trop grand-père sous
silence, et dimanche dernier, devant un ancien ambas-
sadeur, s'il vous plaît, j'ai rétabli ma généalogie aussi
clairement qu'aurait pu le faire M. Gaétan.

Pauvre M. Gaétan! Il ne récite plus de généalogies. On ne l'entend pas, et on le voit à peine;
car, dès que nous sortons de table, il s'en retourne
à ses paperasses. Aussi est-il plus chauve et plus
squelette que jamais, et je suis bien aise qu'il ne
m'offre plus le bras pour aller à table.

C'est à M. Arnaud qu'échoit ce privilège, et il se
trouve aussi presque toujours mon voisin. Il n'est
pas amusant, mais il sait beaucoup de choses, et il
les dit avec tant d'autorité qu'elles se gravent dans
l'esprit. Comme son père est toujours enrhumé, et

que sa mère souffre constamment d'une névralgie, il se charge souvent de nous accompagner dans nos promenades, et je devrais lui être bien reconnaissante de sa condescendance à tout m'expliquer.

Seulement il se complaît trop aux réminiscences tragiques. Ainsi, quand nous avons visité le château et que je m'émerveillais, il n'avait qu'une idée, c'était d'arriver aux petits appartements, dans le boudoir, dont les murs sont entièrement revêtus de glaces où l'on se voit de profil, de trois quarts, de dos, la tête en bas. Et me poussant vers un coin :

« Regardez-vous. »

Horreur! je me suis vue sans tête, et j'en ai eu des cauchemars toute la nuit.

Ç'a été pire encore à Trianon. Ah! j'aime mieux la façon d'enseigner de M. Marchand, qui vous endort tout doucement.

Mais je ne veux pas le dire à cause de grand'-mère, que ces courses enchantent. Elle a toujours sa voiture de remise, et elle se tient toute droite dans le fond avec un regard de complaisance sur M. Arnaud, qui pérore en face de nous. Nul doute qu'il ne lui rappelle son premier mari, et, quand les la Varaudière ne sont pas là, elle ne parle que d'eux.

Au milieu de tout cela, les affaires de grand-père n'avancent pas. J'ai fait trois ou quatre tentatives infructueuses. Le moment est mal choisi, et je réserve mes efforts pour la Sapinière.

Nous y retournerons dans la quinzaine de Pâques,
c'est décidé. Vais-je pouvoir reprendre mes habitudes de simplicité, après avoir été à Versailles,
positivement, la belle de la saison?

Il me semble avoir changé d'âge et d'état, et, d'ici
peu, le changement pourrait être encore plus radical.
Grand'mère songe toujours et plus que jamais à me
marier, mille indices le prouvent; mais je n'ai pu
encore deviner avec qui. Aucun des petits jeunes gens
qu'elle tolère autour de nous ne peut rallier ses suffrages, ni n'obtiendrait d'ailleurs les miens. Il y a
une autre anguille sous roche, une magnifique anguille.

Sous quelle roche seulement? Je furette partout.

Rien à l'horizon.

Il serait cependant temps de vous montrer, prince
charmant. Vous savez que nous partons dans quinze
jours, et je ne suis pas de celles dont le cœur se
laisse enlever en vingt-quatre heures.

IX

Patatras! Je le connais, le prince charmant...
Non, c'est trop fort!

Je suis furieuse contre Versailles, indignée contre
moi-même, presque fâchée contre grand'mère, et je
fais ma malle, vite, bien vite, parce que nous partons
après-demain.

L'aventure remonte déjà à la semaine dernière ;
mais il m'a fallu ce temps pour me calmer et être en
mesure de tout raconter de sang-froid.

C'était jeudi dernier, le jeudi saint. Nous avions
passé toute la matinée à l'église, et je voulais
consacrer mon après-midi à visiter les reposoirs
(j'avais bien raison), quand, après déjeuner, M. Arnaud nous arrive avec un chapeau de feutre havane,
à peu près de la couleur de ses cheveux, un par-
dessus clair et un petit air tout printanier.

« Le temps est superbe, nous dit-il ; voilà le jour
ou jamais de faire la grande excursion que nous pro-
jetions l'autre semaine.

— A Saint-Denis ? Ce ne sera peut-être pas très
gai, » objecta grand'mère.

Il l'a morigénée.

« Une promenade de semaine sainte doit être
sérieuse, et nous entendrons le chapitre chanter les
Ténèbres. »

Les Ténèbres, psalmodiées par des évêques, ont
séduit grand'mère. Nous avons fait à la hâte une toilette sombre, et nous avons pris le train.

De Paris, Saint-Denis est encore loin, et le soleil
pâlissait quand nous nous sommes trouvés dans un
abominable faubourg, entourés d'ouvriers à mines
plutôt suspectes, que grand'mère a tout de suite
généreusement qualifiés d'anarchistes, et qui ont dû
s'en douter, car ils nous regardaient d'assez mauvais œil.

« N'est-on jamais attaqué ici ? a-t-elle demandé
à M. Arnaud, qui a répliqué avec indifférence :

— Souvent la nuit, mais assez rarement le jour.
Et puis je suis là... »

Si encore c'eût été l'oncle Raoul ou Léon avec
leur gourdin ! Mais lui, il avait beau serrer son petit
jonc du bout de son gant gris clair, je ne me sentais pas rassurée du tout. La valeur ne remplace pas
toujours la force, et j'ai été très aise d'atteindre

Arrivé en bas, l'homme au bonnet de velours a allumé une lanterne.

8

une grande place où un énorme clocher jetait son ombre.

« La tour de Saint-Éloi, » a dit M. Arnaud en ôtant son chapeau.

Instinctivement, je me suis mise à fredonner *le bon roi Dagobert,* ce qui l'a scandalisé, car il a dit :

« Comme vous êtes enfant! »

Et il ne paraissait pas du tout me faire un compliment.

A la Sapinière, on aime à m'entendre chanter, voilà ce qui m'avait poussée à mal, et je me suis tue bien vite pour écouter ses explications préliminaires.

Puis nous sommes entrés.

Brusquement, le froid m'a saisie. Nous avions laissé le printemps à la porte, et ce n'est pas seulement sur mes épaules que j'ai senti tomber un manteau de glace. Tout ce que je voyais, tout ce que j'entendais me pénétrait d'un frisson : les grands mausolées se dressant dans la nef, les silhouettes en surplis s'agitant dans le chœur, les têtes blanches courbées sur les poitrines, et la psalmodie chevrotante des voix cassées. Ces vieux évêques font l'effet de revenants qui viendraient garder des morts, et c'était comme si les impressions de l'hôtel de la Varaudière se condensaient, s'amplifiaient dans la proportion qu'il y a entre les souvenirs d'une seule famille et la grandeur traditionnelle de toute la monarchie française, et retombaient sur moi, pauvre

petite bonne femme, pour m'écraser de leur splen-
deur funèbre.

M. Arnaud, au contraire, respirait cette atmosphère avec délices, et il nous a chuchoté toutes
sortes de détails et de remarques du plus haut intérêt en nous conduisant de tombeau en tombeau,
tandis que dans le chœur les vieux évêques psalmo-
diaient toujours.

C'est une merveille que cette basilique, et j'ai été
très satisfaite d'admirer tant de choses belles et
curieuses. Cependant je n'étais pas fâchée quand,
après avoir tout vu, nous nous sommes retrouvées
près de la porte, où le soleil nous attendait.

Mais M. Arnaud nous a arrêtées.

« Nous allons visiter les cryptes. C'est le plus
curieux. »

Il y avait là un vieux avec une calotte de velours
qui nous a fait descendre. Nous nous enfoncions dans
l'obscurité, dans le froid; nous avions des morts
au-dessus et au-dessous de nous maintenant, et j'ai
été reprise de mon petit frisson. Arrivé en bas,
l'homme au bonnet de velours a allumé une lanterne,
et j'ai regardé M. Arnaud, qui paraissait plus blafard que jamais.

« Voyez, m'a-t-il dit, voici où reposent Louis XIV
et Louis XV; mais leurs sépultures ont été violées
en 93... »

Nous arrivions au bout d'une galerie.

« Ici, les restes de Louis XVI ; ici, le duc de
Berry. Aux derniers, les révolutions n'ont pas même
laissé le loisir d'élever un monument. »

En effet, dans un enfoncement, les cercueils se
dessinaient. Avec cela, des visions de guillotine,
d'assassinat.

Je n'en pouvais plus. Sans attendre la fin du discours de M. Arnaud, j'ai entraîné le vieux à la lanterne et grand'mère, qui commençait à avoir l'air
mal à l'aise aussi.

Enfin nous sommes sortis.

Mais le soleil avait baissé, et l'ombre du clocher
s'était étendue. Pourtant il me fallait respirer l'air
pur, et j'ai demandé à faire le tour de la place.

« Oui, marche un peu, la jeunesse a besoin d'exer-
cice, » a dit grand'mère.

Elle s'est assise un moment sur un banc, et je me
suis trouvée arpentant de long en large le parvis avec
M. Arnaud à côté de moi.

Il m'a considérée d'un air de pitié, mais il est tout
de même entré en conversation.

« Notre pèlerinage vous a impressionnée. Comme
vous êtes enfant ! »

Cette répétition m'a vexée un peu, et j'ai rétorqué :

« Est-ce donc un si grand mal d'être jeune ?

— Non, et la jeunesse passe...

— Trop vite. »

J'avais sur son compte une arrière-pensée mali-
cieuse qui lui a échappé, car il a abondé dans mon
sens :

« Comment la maturité ne se ferait-elle pas plus
rapide à une époque qui ne nous apporte que des
inquiétudes et des déceptions? »

J'étais en humeur de discuter :

« Mais il me semble, au contraire, que pour réagir contre son temps, on devrait s'efforcer plus que
jamais de conserver sa vigueur et son entrain.

— Et qu'en ferait-on? Nous sommes débordés par
l'élément populaire, désarmés par les lois, et même,
entre nous, sans chef et sans entente. La victoire est
impossible, la lutte vaine, et nos efforts ne peuvent
tendre qu'à finir dignement.

— Soit,... en politique. Je n'y connais rien, monsieur Arnaud. Mais, heureusement, il n'y a pas que
la politique au monde! »

Il ne s'est pas contenté du terrain que je lui
cédais, et il a décrété :

« La vie privée subit le contre-coup des désastres
publics. Vous ne vous êtes donc pas rendu compte,
mademoiselle Marguerite, que nous étions une race
finie, dans un pays mort et dans une civilisation qui
agonise? »

J'avais assez d'images funèbres pour ce jour-là,
et j'ai regimbé :

« Je ne réfléchis pas à ces grandes choses, mon-

sieur Arnaud. Je me borne à envisager ma vie à moi
et le parti que j'en peux tirer. »

Il a eu un hochement de tête incrédule qui m'a
exaspérée. J'ai voulu prouver ce que j'avançais.

« Quel que soit le temps où l'on vive, on peut toujours s'employer à quelque chose, au bonheur des
autres, par exemple, et n'est-ce pas la meilleure
des occupations ? »

Cette fois, j'avais mis dans le rond, comme dit
Léon, et M. Arnaud a bien voulu m'accorder :

« En effet, les femmes ont encore cette ressource
de panser nos plaies et d'adoucir nos désespérances.
Leur vraie mission, c'est celle de sœurs de Charité. »

Ah ! il m'ennuie. Qu'il parle pour les autres. Il y a
déjà deux ou trois demoiselles de la Varaudière au
couvent, cela devrait lui suffire.

Mais voilà qu'il a eu une conclusion tout à fait
inattendue :

« Et vous feriez la plus charmante des sœurs de
Charité, mademoiselle Marguerite.

— Grand merci ! lui ai-je dit. La cornette ne me
va pas.

— Oh ! il n'y aurait pas besoin de cornette. »

Qu'est-ce qui lui prenait ? Je suis restée ébahie.

Et puis, tout à coup, il s'est mis à me parler de
son père, un gentilhomme des anciens âges ; de sa
mère, si bonne, et qui est apparentée à je ne sais
plus quel duc ; et des alliances de sa famille, dont

M. Gaétan me donnerait un tableau complet quand
je voudrais, et d'un château dont ils avaient hérité
en Bretagne et où ils n'habitaient guère.

Ce discours, dont je ne connaissais pas le but,
me paraissait si décousu, que j'ai cru positivement
que M. Arnaud déménageait un peu, et j'ai hâté le
pas vers le banc de grand'mère qui était encore loin.
Mais il s'est aperçu de la manœuvre. Il s'est arrêté,
il m'a fixée avec son lorgnon, et il a repris son ton
bref et impératif :

« Quelque chose manque à notre vieux manoir.
Savez-vous ce que c'est? »

Je me figure que bien des choses doivent y manquer. Des tuiles ou des ardoises, des vitres, que
sais-je? Mais j'étais trop polie pour énumérer, et
j'ai ébauché un geste incertain.

Il m'a fixée encore :

« Je vais vous le dire... C'est une châtelaine. »

Je n'y pouvais rien, et je n'ai pas bronché.

Après avoir attendu un moment, il s'est remis
à marcher et m'a interrogée derechef :

« Savez-vous pourquoi je ne suis pas encore
marié, mademoiselle Marguerite? »

Je m'en doute. Parce que personne n'a voulu de
lui. Mais je ne pouvais lui dire cela non plus, et il a
dû continuer à faire la demande et la réponse :

« Parce que je n'avais encore rencontré aucune
jeune fille élevée dans des principes identiques aux

miens, et qui me parût digne de porter mon vieux
nom, capable de partager une vie sérieuse comme la

« Non, monsieur Arnaud, je ne connais pas cette jeune fille. »

mienne, et d'y répandre son charme. N'en connaîtriez-
vous pas une ? »

Un trait de lumière a traversé mon esprit, éclairant

le sens caché de ses paroles. Mais je ne pouvais croire encore; je restais suffoquée.

« Vous ne la connaissez pas, mademoiselle Marguerite? » a-t-il répété, encourageant.

Il s'approchait, et, le malheureux, il a souri!

J'ai vu ses dents. Il ne lui en reste plus que quatre en haut, et celles d'en bas sont toutes noires.

La parole m'est revenue.

« Non, monsieur Arnaud, je ne connais pas cette jeune fille, pas du tout! »

Il avait osé jeter son dévolu sur moi, et me le dire... de cette façon assurée et triomphante encore. A son âge!

Prenait-il donc ma déférence à son égard pour une inclination? Ah! je le détromperai!

La colère m'a rendue éloquente, je crois.

« Je ne connais rien qui se rapproche de votre idéal. Je vous souhaite très sincèrement de le rencontrer, mais c'est très difficile de rencontrer son idéal! »

A mon tour je m'arrêtais, soutenant l'éclat de son lorgnon, et, accentuant bien ce que je disais, pour qu'aucune équivoque ne demeurât possible :

« Moi non plus, monsieur Arnaud, je n'ai pas encore rencontré mon idéal, ni rien qui y ressemblât le moins du monde. J'ai un idéal très particulier, très futile, je vous l'avoue. »

Il a murmuré :

« Cependant, les qualités sérieuses... »

Mais il bredouillait, et c'était lui qui pressait le pas.

Si en colère que je fusse, je ne voulais pas lui faire trop de peine, et j'ai ajouté :

« Certainement que les qualités sérieuses gardent leur valeur, et on les apprécie chez ses amis, même quand on n'est encore qu'une petite fille comme moi; car je suis très enfant, vous le remarquiez tout à l'heure, monsieur Arnaud, et il ne faut pas me traiter en grande personne. J'ai une tête de linotte, où rien ne laisse de traces. »

En même temps je secouais la tête, comme pour chasser toute rancune et tout souvenir de sa sotte tentative, et j'espère qu'il m'a su gré de mes bonnes intentions, quoiqu'il n'en ait rien témoigné.

Nous rejoignions grand'mère, et il a offert précipitamment :

« Voulez-vous une voiture? »

Sans attendre de réponse, il en a hélé une qui passait, nous a fait monter dedans, et a refermé la portière :

« J'ai quelqu'un à voir : l'ancien évêque de la Réunion. Veuillez m'excuser de ne pas vous ramener. »

Il bredouillait de plus belle, et son changement d'attitude ne pouvait échapper à grand'mère.

Aussitôt en route elle m'a questionnée.

« Qu'est-il survenu en mon absence, Marguerite? Qu'as-tu dit à Arnaud? »

— Moi ? Ah ! par exemple, c'est lui. »

Rien ne me retenait plus, j'ai tout raconté à grand'-mère, et, à mesure que j'y revenais, ce qui s'est passé me paraissait bien plus grave, me rendait furieuse, me rendait confuse, et j'ai fini par ne plus pouvoir parler, par éclater en sanglots, bien que grand'mère répétât :

« Maîtrise-toi, ma chère enfant. »

Mais je ne pouvais pas ; mes nerfs se détendaient, et je sanglotais tellement que grand'mère a pris peur, et qu'au lieu de froncer le sourcil, comme au début, elle s'est mise à me rassurer :

« Tout ceci n'a pas autant de gravité que ta candeur le suppose. Arnaud eût mieux fait de s'adresser à moi ; mais une tentative discrète et respectueuse n'est point une injure pour une femme, surtout de la part d'un homme dont la recherche ne peut que nous honorer. Sans parler des liens qui m'attachent aux la Varaudière, leur nom, leur situation, la haute valeur personnelle d'Arnaud, constituent des avantages que tu examineras de plus près.

— Non, j'ai assez examiné. »

Je revoyais le sourire édenté d'Arnaud.

Mes larmes repartaient de plus belle, et grand'-mère a accordé :

« Nous en reparlerons quand tu seras plus calme. »

Comment ! il faudrait en reparler ! Je n'étais pas quitte de ce cauchemar ! Et on avait l'air de trouver possible cette monstruosité.

Il m'a semblé que tous les revenants de Saint-
Denis me poursuivaient. J'ai eu presque une crise
de nerfs dans cette malheureuse voiture. Grand'mère
a fini par s'attendrir en me mettant un flacon sous le
nez et en me jurant qu'on ne m'offrirait plus M. Arnaud, jamais. Tout de suite je me suis sentie mieux.
Mais nous étions encore si troublées, que nous avons
manqué deux omnibus et le train, ce qui nous a fait
rentrer à Versailles à huit heures du soir sans
dîner.

Je n'ai pas dormi cette nuit-là, et presque pas la
suivante. C'est singulier l'impression que me laisse
cet incident, pas bien grave après tout, et courant,
grand'mère l'assure. Aussi pourquoi donne-t-on toujours aux pauvres jeunes filles des valses ou des
mélodies avec *Premier aveu* ou *Doux serment,* en
bleu ou en rose sur la première page, et une vignette
représentant un joli petit monsieur souriant à une
jolie petite demoiselle dans un décor art nouveau!
On finit par croire que, un jour, soi-même on figu-
rera dans un tableau du même genre, et qu'on écou-
tera aussi une musique très douce, faite exprès pour
vous.

Mon *Premier aveu* sur l'air du *Dies iræ!*...

Quand j'y pense, j'ai envie de pleurer encore de
désenchantement et de vexation, et j'en veux à
M. Arnaud, malgré mes efforts de charité chré-
tienne.

Grand'mère a profité du vendredi et du samedi
saints pour réveiller mes bons sentiments, et, le
matin de Pâques, elle m'a démontré que par égard
pour les la Varaudière et dans l'intérêt de ma propre
dignité, tout ce qui ressemblerait à un éclat devait être
évité soigneusement. Entre gens bien élevés, il y a
toujours, paraît-il, ainsi une foule de choses qui
gênent et qu'on escamote. Grand'mère, bien entendu,
n'a pas employé ces termes, je ne donne que la
substance de son discours, et la péroraison a été
que nous devions prendre part, comme si de rien
n'était, aux dîners du dimanche.

J'ai poussé les hauts cris. La seule idée de me
retrouver si vite en face de M. Arnaud me redonnait
ma crise de nerfs, tandis que grand'mère, au contraire, jugeait urgent de dissiper les impressions
fâcheuses.

Finalement, nous avons transigé. Il a été convenu
que j'irais au dîner et que M. Arnaud n'y serait pas,
obligé fort à propos d'assister ce soir-là au banquet
des Amis des arts, et que, pour ne pas donner lieu
à d'autres complications, nous partirions samedi
prochain. Grand'mère avait dû combiner tout cela
d'avance avec les la Varaudière, qui sont censés ne
rien savoir.

Un seul petit accroc au programme. Nous sommes
arrivées cinq minutes trop tôt, et nous avons croisé
M. Arnaud, qui sortait et qui nous a saluées, l'air

abattu et déconfit maintenant comme M. Gaétan.
Cela m'a donné à réfléchir.

Comment! est-ce qu'au début M. Gaétan aussi se
serait laissé aller à la pensée...?

Je me le suis demandé pendant tout le temps du
dîner en le regardant, redevenu mon voisin, et je
n'étais guère plus en train que lui. Quant à M. et
à Mme de la Varaudière, leur tact parfait ne pouvait mieux s'affirmer qu'en cette circonstance, et afin
d'écarter les sujets usuels, susceptibles d'éveiller des
réminiscences gênantes, ils ont parlé surtout de leur
troisième fils, laissé un peu dans l'ombre jusqu'ici,
et qui est charmant, très gai, un officier d'avenir,
m'a dit le général.

Pour me prouver qu'on ne m'en voulait pas, on
m'a traitée encore plus affectueusement qu'à l'ordinaire. Mme de la Varaudière m'a bien embrassée
trois fois en me faisant ses adieux, qui se trouvent
définitifs, car elle était au lit avec sa névralgie quand
nous sommes retournées prendre congé, et M. de
la Varaudière et ses fils sont venus nous mettre des
cartes pendant que nous étions sorties. Encore les
combinaisons diplomatiques de grand'mère!

Pauvre grand'mère! L'avortement de ses fameux
plans la laisse un peu marrie, et je ris moi-même
en voyant ce qui reste de mes beaux rêves.

Mais je ne regrette rien, trop contente de laisser
mes spectres de l'arrière et de retourner dans le

monde des vivants. La Sapinière m'apparaît dans un
rayon, maintenant surtout que la belle saison va
agrémenter notre existence campagnarde. J'ai du
reste de quoi occuper mon été. N'oublions pas que
les amours de grand-père et de grand'mère doivent
commencer avant leur cinquantaine, je me suis fixé
cette date. Et qui sait si la petite déception personnelle infligée par la Providence n'est pas pour me
laisser toute à mon œuvre !

Avisons donc aux affaires de grand'mère avec
plus de perspicacité qu'elle n'a songé aux miennes.
A savoir, s'il est plus difficile de former un ménage
que d'en raccommoder un ? J'ai déjà préparé mes
batteries. Je compte aussi sur l'heureux effet de
l'absence pour attendrir les cœurs, et sur Léon, qui
est un bon garçon certainement, pour avoir, en ces
deux mois passés en tête-à-tête, inculqué à grand-père
des idées pacifiques. M'est avis que tout ira bien, et
mes pressentiments ne me trompent guère.

X

... Ne me trompent guère,... sauf lorsqu'ils m'égarent complètement! Je ne me fie plus à rien, et pour un peu je retournerais à Versailles, à l'hôtel de la Varaudière, où du moins on a la paix.

Ah! il a fait de la jolie besogne, Léon!

Donc, nous sommes arrivées hier. Tout le long de la route, j'avais tâché de présenter à grand'mère, sous de riantes couleurs, la reprise de la vie de famille, mais sans grand succès, et, à mesure que nous approchions, elle s'assombrissait davantage. Elle avait projeté un retour triomphal, ramenant une future vicomtesse de la Varaudière, et, trop bonne pour me reprocher son échec, elle s'en prenait aux autres.

« Nous rentrons dans la solitude, ma pauvre Marguerite! a-t-elle soupiré en arrivant, et non seule-

9

ment nous manquerons ici des ressources d'un centre intellectuel, mais nous ne trouverons même pas dans notre voisinage les égards qui nous sembleraient dus. »

Déjà elle repensait à la visite de noces des Montivrier, et les autres griefs plus intimes n'ont pas tardé à se réveiller.

Grand-père nous attendait tout guilleret à la gare, avec un flot de nouvelles et de récits. C'étaient les exploits du garde et les méfaits du fermier, la vachère qui se marie, les arbres fruitiers qui ont gelé, la vache bretonne qui a un petit veau.

« Et j'ai formé notre nouvelle cuisinière, a-t-il conclu, ayant gardé cette annonce pour la bonne bouche, c'est le cas de le dire. J'ai employé le vrai système, je suis descendu chaque matin à la cuisine. »

Ces descentes à la cuisine, en pantoufles et en bonnet grec, sont justement ce qui le dépoétise le plus aux yeux de grand'mère. Comment a-t-il pu ne jamais s'en apercevoir? Moralement, il a la vue aussi basse que grand'mère l'a perçante, et, tandis qu'elle se rejetait en arrière avec lassitude, il a continué :

« Nous aurons un bon petit dîner, vous verrez. J'ai remis en vigueur toutes mes bonnes vieilles recettes que votre grimacière d'Honorine dédaignait. Celle-ci est autrement intelligente et docile. C'était plaisir de la mettre au courant. Cela m'a aidé à passer le temps.

— Je suis bien aise que ma cuisinière ait pu me faire oublier, » a dit grand'mère d'un ton de plaisanterie aigre-douce.

Nous pouvons nous attendre à des difficultés gouvernementales. Chez nous, les cordons bleus sont comme les ministères qui se succèdent, mécontentant les uns par la seule raison qu'ils satisfont les autres. Grand'mère soutenait Honorine, qui faisait de belles phrases et des gâteaux montés, et elle a pris naturellement en grippe sa remplaçante, que grand-père a eue aussitôt en gré.

« Et M. Marchand? » ai-je demandé, pour quitter le sous-sol.

Rien qu'à entendre prononcer ce nom, grand-père s'est mis à bâiller :

« Plus assommant que jamais, tout à fait ramolli, le pauvre homme. J'ai failli succomber sous son érudition. Heureusement, je lui ai trouvé un déversoir. Il repasse l'histoire générale deux heures tous les jours avec Léon, qui n'a rien de mieux à faire.

— Léon est encore à la maison? a remarqué grand'mère.

— Oui, il n'est pas pressé de rentrer à Sanglier. Son père l'a un peu saboulé.

— Et vous le soutenez contre son père! s'est récriée grand'mère scandalisée. Est-ce ainsi qu'un aïeul doit entendre la hiérarchie familiale? »

Grand-père a protesté vivement :

« Moi! le soutenir! jamais de la vie. Croiriez-
vous qu'il a demandé de l'argent à son père! Et
autant, vous le savez, je suis facile pour le reste,
autant je suis ferme en pareille matière. « De la
« liberté, mon garçon, autant que tu voudras; mais
« pas un sou. » Voilà mon système.

— Qui est diamétralement l'opposé du mien, a
professé grand'mère. Point de libéralisme, mais des
libéralités.

— Jolie maxime! Je la connais. Vous l'avez appli-
quée à Albert (Albert, c'est l'oncle de Rouen), et il lui
en a coûté la moitié de sa part.

— De quoi vous plaignez-vous? Je crois qu'il a su
redorer... »

Grand'mère allait dire « son blason ». L'habitude
de l'hôtel de la Varaudière!

Elle s'est reprise à temps, et, pour faire allusion
au beau mariage de l'oncle de Rouen, a trouvé cette
autre métaphore :

« Redorer son existence. »

Le retour au logis a fait diversion; mais déjà ils
étaient aux prises, et ils se sont encore chamaillés
un peu pendant « le bon petit dîner », auquel grand-
père a prodigué tous ses éloges après tous ses soins,
sans jamais comprendre, le pauvre homme, combien
grand'mère trouvait choquante cette perpétuelle inter-
vention du poulet au blanc et du soufflé au chocolat
dans les pures joies de famille.

Notre intérieur est terriblement bourgeois, je m'en rends compte à présent que j'ai respiré l'air des hautes sphères sociales. L'hôtel de la Varaudière m'a initiée à bien des délicatesses, ce serait ingratitude que d'en disconvenir, et fausse modestie que de ne pas apprécier mon développement au point de vue intellectuel et mondain.

Jusqu'à Léon, qui en a été frappé. Il me considérait d'un air tout drôle, et je lui ai demandé :

« Qu'as-tu donc? Tu me trouves changée?

— Oui.

— En bien ou en mal? »

Il a réfléchi un moment pour dire :

« Je ne sais pas. »

Est-il sot et malhonnête!

Lui aussi je le trouve changé, en mal, je n'hésite pas à me prononcer. Avec une mine épanouie et un bon sourire, sa grosse figure passait encore, et sa gaieté lui tenait lieu d'esprit.

Pour la première fois de sa vie je le vois tout démonté, et, si c'était un autre, je dirais « soucieux ».

Mais quel souci Léon peut-il avoir? Ses parents se portent bien, ainsi que sa sœur et tous les petits Jupin-Jupin, y compris notre filleule qui, paraît-il, a doublé de volume.

Qu'est-ce qui le toucherait en dehors de cela?

Il doit être tout bonnement un peu gêné par ma transformation, et l'on croirait qu'il devine la part

qu'y ont eue les la Varaudière, car il m'assassine de
questions méfiantes à leur sujet.

Sont-ils aimables? Les voyions-nous souvent?
Quel âge ont les fils?

J'aurais trouvé souverainement indélicat de les
déprécier en parlant de la calvitie du pauvre M. Gaétan et de tout le reste, et je me suis bornée à répondre
que c'étaient des jeunes gens un peu vieux, mais très
distingués.

« Et qu'est-ce qu'ils font? a-t-il demandé encore.

— Rien.

— Alors ce sont mes collègues! »

Voyez-vous cette prétention! J'ai vite rabattu son
caquet en lui parlant de la façon noble dont ces messieurs occupent leurs loisirs, des parchemins, des
vieilles clefs, et j'ai terminé en disant que le troisième suivait la seule carrière restée ouverte à un
gentilhomme, qu'il était dans les dragons.

« Dragon? sous-officier ou colonel?

— Lieutenant, » ai-je répondu sèchement.

Ça a paru le contrarier. Qu'est-ce que ça peut lui
faire, cependant, que M. de la Varaudière soit lieutenant? Et il a ajouté :

« Ce doit être un fameux poseur.

— Qu'en sais-tu? Tu ne le connais pas plus que
je ne le connais d'ailleurs.

— Ah! on ne te l'a pas présenté?

— Non, puisque son régiment est à Melun. »

Il n'a plus insisté, honteux, je pense, de sa malveil-
lance, et je ne la lui ai pas reprochée davantage.

Il s'agissait de choses plus importantes, et, le soir,
profitant du moment où M. Marchand venait présenter ses civilités à grand-père pour entamer le
sujet :

« Léon, j'ai quelque chose à te dire. »

Il a voulu essayer encore de son ton persifleur en
feignant de croire que j'allais au moins lui annoncer
mon mariage, et en me demandant si c'étaient les
paperasses qui m'avaient séduite ou la ferraille.

Cette manière de faire allusion à M. Gaétan et
à M. Arnaud m'a paru tout à fait insolente, et pour
le mystifier :

« Pas de ça. Cependant il s'agit d'un mariage.

— Ah! vraiment... Croirais-tu que je l'avais deviné?

— Tu es très fin.

— Assez roublard, je te remercie.

— Tant mieux, car justement ta roublardise va
pouvoir me servir.

— Oh! je ne me mêle pas de mariage.

— Je sais bien que tu ne te mêles de rien, par
paresse; mais cette fois, mon cher, il te faudra bien
mettre la main à la pâte. La chose te touche de trop
près. »

Il est devenu rouge. Qu'il soit ému, confus ou en
colère, il rougit toujours. Et il a dit, tout à fait
hargneux :

« Ça ne me touche pas plus que les autres. Eh
bien ! qu'il se fasse ce mariage.

— Il ne se fera pas. »

Pour le coup, il est resté interdit, et, après l'avoir
laissé languir une minute :

« ... Attendu qu'il est fait depuis cinquante ans,
ai-je achevé. Il s'agit du mariage de grand-père et
de grand'mère... »

J'ai fait alors un petit morceau très éloquent sur
nos devoirs et sur mes résolutions, et il a écouté
avec un sérieux dont je ne le croyais pas susceptible.

Mais sa réponse ne m'a guère satisfaite.

« Tout ce que tu dis là, Margot, je l'ai pensé souvent et depuis longtemps. Ce serait très heureux de
les remettre d'accord. Seulement il y a une impossi-
bilité que tu ne vois pas. »

Comment ! il prétendait en savoir autant que moi,
et davantage !

Je l'ai laissé dire.

« Tu te figures que nous y pouvons quelque chose.
Nous n'y pouvons absolument rien, pour tant que
nous ayons de bonne volonté ou de talent. Il y a un
point où toutes les forces humaines échouent : faire
s'aimer ceux qui ne s'aiment pas, comme empêcher
d'aimer ceux qui aiment !

— Cependant les raisonnements... »

Il m'a interrompue.

« Des nèfles ! Est-ce que tu feras pousser une

plante rien qu'en mettant du terreau et de l'engrais
quand la graine n'y est pas?... Et tu veux faire venir
l'amour là où le germe manque ! »

De pareils termes étaient si singuliers dans la
bouche de Léon, que lui-même en a été surpris, et
il s'est hâté de revenir à ses anciens errements.

« Là,... enfin, pour faire un civet, prenez un lièvre.

— Mais ils ont le lièvre, ils ont le germe, ai-je
dit un peu ahurie. Ils s'aiment bien. »

Il a haussé les épaules avec fureur.

« S'aimer bien, fichue affaire ! quand on devrait
s'aimer tout court. »

Tiens ! il pense comme moi. Étudierait-il donc
aussi le mariage à ses moments perdus, et sur qui ?

Une idée m'est venue.

« Léon,... les jeunes Montivrier? ils s'aiment tout
court?

— Ah ! je t'en réponds. C'est la peine de se
marier, pour s'aimer comme ça, c'est la peine de tout
supporter... On a beau dire que le monde ne vaut
pas quatre sous, tant qu'il y a de ces amours-là,
il fait bon vivre, ne serait-ce que pour les regarder
en passant.

— J'aimerais bien regarder, moi aussi, » ai-je
dit entraînée.

Léon s'est calmé aussitôt.

Il en est revenu à grand-père et à grand'mère,
pour constater encore :

« Fichue affaire, vois-tu! Ça n'a pas marché au premier moment. Je sais bien que ç'aurait pu marcher ensuite. Il y a des ménages où on se tient d'abord sur la défensive pendant des mois, des années. Chacun a son caractère, chacun ne veut rien céder... Et puis un grand choc arrive, un grand bonheur, ou un grand malheur qui vous jette l'un vers l'autre, et les petites aspérités s'aplanissent du coup. On s'est vu, on s'est compris, les natures peuvent rester différentes ; mais les cœurs se sont rejoints, et le tour est joué.

— C'est ce qu'il faudrait.

— Oui ; mais ces élans ne peuvent venir que de soi ou des circonstances, et l'embêtant ici, c'est que toutes les occasions sont passées. Cinquante ans, les enfants, les petits-enfants, les arrière-petits-enfants, rien n'y a fait!

— Et alors?... »

Il a eu un geste de découragement inquiétant.

La résolution que j'ai prise est presque un vœu. Je dois l'avoir accomplie avant de songer à moi-même, et cela peut mener très loin.

Maintenant Léon n'est pas un oracle. Sur le premier moment, je m'étais laissée aller à le prendre pour tel, tant j'étais émerveillée de son éloquence inattendue, un peu comme Balaam quand il a entendu parler son ânesse, dirait M. Marchand, qui a fini par m'habituer aux comparaisons historiques.

Mais, en y réfléchissant, Léon n'a pas plus que moi l'expérience du mariage. Je suis même en avance d'un point, puisque j'ai déjà reçu une déclaration, et qu'il n'en a jamais reçu, lui, certainement, à Sanglier. Et quant à son bon sens, je pouvais m'y fier hier encore, mais j'en déchante aujourd'hui après ce qui vient d'arriver.

La catastrophe s'est produite ce matin.

Aussitôt prête, j'étais descendue, pressée de revoir tout ce que j'avais quitté depuis deux mois. Je n'aurais pas été fâchée non plus de rencontrer Léon pour reprendre notre discussion de la veille ; mais il était parti de bon matin pour une commission de grand-père dans un domaine éloigné, et il devait revenir par le Bréchard, pour une autre commission de grand'-mère. Les courses dérangent les domestiques ; lui, cela l'occupe.

Tout de même il paraissait un peu fatigué, quand je l'ai vu rentrer vers dix heures, et un peu agité.

Il m'a demandé précipitamment :

« On ne déjeune pas encore?

— Où as-tu la tête? On ne déjeune jamais avant midi.

— Je craignais qu'il ne fût midi.

— Où as-tu ta montre?

— Ma montre,... elle est à réparer. »

Le voilà qui rougit pour la dixième fois depuis hier. Il faut être terriblement maladroit pour avoir déjà

détraqué ce fameux chronomètre de cinq cents francs,
un cadeau de l'oncle de Rouen, véritable folie qui
a fait scandale dans la famille.

Aussi Léon ne s'est-il pas étendu sur ce désastre.

« Grand-père est dans son cabinet! a-t-il repris
en s'essuyant le front.

— Oui, mais attends un peu. Pour compléter ce
que nous disions hier soir...

— Pardon, je n'ai pas le temps, je dois parler
à grand-père.

— Va, mon ami, va, si cette conversation t'amuse
plus que la mienne.

— Ah! fichtre non, qu'elle ne m'amuse pas! »
a-t-il marmotté.

Mais il m'a plantée là tout de même.

La matinée était superbe, le jardin charmant, et je
me suis mise à faire les bouquets du salon.

Au printemps, non seulement il y a plus de fleurs
qu'en été, mais les fleurs font plus de plaisir. Je n'ai
jamais aimé à cueillir des roses comme j'aime à ramasser des primevères, des myosotis, des jacinthes.

Et les fleurs d'arbustes surtout, les cytises, les
aubépines, les lilas!... Oh! les lilas! Ce qui me touche
dans ces floraisons, c'est de les voir revenir chaque
année à la même place dans nos vieux bosquets. Les
plantes annuelles qu'on revoit tantôt dans cette corbeille, tantôt dans celle-ci, me font l'effet d'aimables
étrangères qui passent et qui pourraient bien ne pas

revenir. Les autres sont les amies fidèles qu'on attend,
sur lesquelles on sait pouvoir compter, et chaque
année je les guette, du premier bourgeon à la dernière fleur.

Ils ont dû être un peu tristes de s'ouvrir sans
moi, cette année, mes lilas. Mais qu'ils sont beaux !
Là-bas, le long du fossé, c'est comme une forêt de
contes de fées, mauve et blanche. Les grappes se
balancent à un mètre au-dessus de ma main, et je
dirai à Léon de venir m'en ramasser une brassée.
J'espère bien qu'il ne fera pas comme l'année dernière,
qu'il ne retombera pas dans le fossé pour avoir voulu
sauter trop haut.

En attendant je suis allée voir si les pourpiers
s'ouvraient, près du mur, entre les pavés de la cour.
Ils nous reviennent aussi toujours, les pauvres petits,
pour tant qu'on marche dessus, un vrai symbole de
l'amitié fidèle, et ils se plaisent particulièrement sous
la fenêtre du cabinet de grand-père. Je m'étais donc
arrêtée là pour les regarder. La fenêtre était entr'ouverte ; on ne voyait pas à l'intérieur, on n'entendait
qu'un bourdonnement de voix indistinct et auquel je
ne prêtais nulle attention.

Tout d'un coup les voix se sont élevées, et j'ai
reconnu celle de grand-père qui criait, qui criait,
oh ! mais comme je ne l'entends crier que dans les
grandes occasions, quand le garde attrape un bra-
connier ou que les domestiques commettent un méfait

grave. Avec grand'mère il crie bien aussi un peu, mais pas sur le même ton.

Elle lui dirait :

« Sommes-nous dans un cabaret espagnol, monsieur Jupin ? »

Et il rentrerait sous terre.

Cette fois il ne se gênait pas, et j'ai deviné qu'il était avec Léon.

Léon, lui, je ne l'entendais pas, quoiqu'il ait aussi l'organe ample et sonore des Jupin. On s'en aperçoit lorsqu'il rit. Mais il ne se permettrait pas de se fâcher, il n'est pas encore d'âge à cela.

Grand-père, lui, s'en donnait à pleins poumons. J'ai entendu des bribes de phrases terribles : « Tu veux donc nous déshonorer, petit polisson ? Et tu crois que je m'y prêterais ? Non, j'aimerais mieux mourir que de cracher au bassinet. » Grand-père croit devoir à sa génération de tourner ainsi quelquefois au tragique, mais il ne sait pas, et quand il veut donner sa malédiction, grand'mère elle-même éclate de rire.

Il ne se met cependant pas sans raison dans un état aussi contraire à sa nature, et je me suis sentie toute bouleversée. Pour rien au monde je n'aurais voulu écouter aux fenêtres, ce qui est pourtant moins mal vu que d'écouter aux portes ; d'un autre côté, je ne pouvais rester dans cette inquiétude.

Alors j'ai adopté un moyen terme. Je me suis

éloignée discrètement, à petits pas; je suis rentrée,
et je me suis installée, avec mes vases de fleurs, sur
le pas-perdu qu'on traverse forcément en sortant du
cabinet de travail.

De là j'entendais encore un peu, et les éclats de
voix étaient tels, que par instants mes mains tremblaient, et que je piquais les branches au hasard
dans la jardinière.

Puis le silence s'est fait subitement. La porte du
cabinet de travail a claqué, j'ai entendu dans le cou-
loir des pas hésitants, honteux, comme ceux de
quelqu'un qu'on vient de mettre dehors, et mon
Léon a reparu, cramoisi, le nez bas.

Je tournais le dos, par délicatesse; mais il s'est
arrêté près de moi.

« Marguerite... »

J'ai bien été obligée de le regarder, et je lui ai vu
des larmes dans les yeux. Un grand garçon comme
lui !

Ça m'a fait tant de peine, que j'ai oublié la discrétion :

« Mon pauvre Léon! tu viens d'avoir une scène.

— Ah! j'ai attrapé un poil, un rude! »

Il s'est laissé tomber sur la banquette. J'ai voulu
l'encourager :

« Les colères de grand-père ne durent pas, tu sais.
Si tu as fait une sottise, tu iras lui demander pardon
tout à l'heure. Veux-tu que j'y aille pour toi?

— Je te remercie, mais ça ne suffirait pas.

— Si, si. Quand on lui demande pardon, il s'attendrit toujours. Laisse-moi faire. Il faut que vous vous embrassiez avant déjeuner. Les bouderies sont si ennuyeuses à table!... »

Je me levais. Il m'a retenue.

« Non, Marguerite, grand-père me pardonnera quand il voudra. Il y a plus pressé... »

Cette réflexion m'a paru impie, et Léon a dû lire ma réprobation sur mon visage, car il a fermé les yeux.

Puis, désespérément :

« Marguerite, si tu veux m'aider, aide-moi donc à trouver quinze cents francs avant midi.

— Oh ! »

Les quinze cents francs ne me font nul effet. Mais Léon a des dettes! Léon a des secrets! Il n'est plus le bon garçon tout rond en qui j'avais tant de confiance, et j'ai éprouvé un serrement de cœur que je ne connaissais pas. Je me suis détournée, traduisant involontairement un sentiment qu'il a compris.

« C'est bien, a-t-il dit; tu me lâches aussi, toi! »

Ce mot m'a ramenée. C'est si laid de lâcher les siens quand ils sont dans l'embarras ! Et des dettes, voyons, ce n'est pas si grave que ça. L'oncle de Rouen en était cousu dans sa jeunesse; il s'en vante à présent qu'il est si riche, et grand-père a aussi une vieille histoire d'un tailleur de Besançon chez lequel

il avait une note, et qui en profitait pour lui écouler
ses laissés pour compte, démodés et trop étroits.

Pourquoi les dettes de Léon m'offusquent-elles
plus que celles des autres?

Cela est néanmoins, et j'ai dû me faire violence
pour répondre :

« Non, je ne te lâcherai pas. Explique-moi seulement ce que tu veux faire de tes quinze cents francs.

— Parbleu!... retirer des billets que j'ai souscrits
à un banquier, et qui sont chez l'huissier du Bréchard. »

Il doit à un banquier. Cela ne m'apprend rien.
Où a passé cet argent qu'il emprunte! Il ne me l'a
pas dit. Il s'est borné à me confier :

« J'ai demandé à papa, qui m'a envoyé dinguer;
à l'oncle de Rouen, qui m'a répondu par un sermon;
à grand-père, qui s'est mis dans une colère épouvantable. Une heure devant moi, et pas un rond :
voilà mon bilan. »

Il roulait des yeux hagards, et j'ai pris peur.

« Qu'est-ce qu'on va donc te faire dans une heure?

— Eh bien! un protêt.

— Qu'est-ce que c'est que ça?

— Un petit papier timbré qu'on vous envoie. »

Mon Dieu! recevoir un papier timbré, ce n'est pas
la mort. Mais voyons la suite :

« Et après?

— Après,... on vous saisit. »

10

Qu'est-ce qu'on pourra bien saisir à Léon? Son
vieux fusil, hérité de l'oncle Raoul; ses filets de
pêche, qui sont pleins de trous, et deux ou trois
vieux costumes dont je serais ravie de le voir débar-
rassé.

Ça n'enrichira pas beaucoup le banquier, et ce
sera comique en même temps que très désagréable.
J'en riais presque, mais tout d'un coup Léon a tapé
du poing sur son genou.

« Ce que je m'en ficherais de leurs poursuites,...
si ce n'était que de moi! Mais on poursuivra d'abord
Montivrier.

— Comment?

— Il a signé avec moi, et il est plus solvable. »
Je n'avais plus envie de rire.

Avoir engagé la signature d'un ami, profiter de
ce qu'il est le plus riche pour le faire payer à sa
place, c'est plus qu'une folie, cela devient une indé-
licatesse. Il me semble que nous serions tous désho-
norés devant les Montivrier si pareille chose arrivait,
et je me suis trouvée aussi en peine que Léon.

« Il faut payer, ai-je dit avec énergie. Grand'-
mère payera. Allons lui parler. »

Léon m'a suivie; mais, à la porte, il s'est arrêté.

« J'ai la frousse, » disait-il d'un air piteux.

Grand'mère, qui le traite de haut, lui a toujours
inspiré une sainte terreur, et je n'ai pas voulu dimi-
nuer ces angoisses qui le moralisent.

« Lorsqu'on a commis une faute, mon ami, on l'expie.

— C'est vrai. »

Il est entré comme un bœuf allant à l'abattoir, et je ne me sentais qu'à moitié rassurée; car grand'-mère n'entend pas raillerie sur certains points.

Elle nous a dévisagés de son air majestueux, et, Léon restant muet, j'ai fait sa confession.

Elle écoutait, de plus en plus sévère, et, quand j'ai eu terminé, elle s'est tournée vers lui en disant :

« Alors, vous voilà engagé dans la mauvaise voie? »

C'était plus terrible que toutes les objurgations de grand-père. Léon passait au violet, et je suis intervenue :

« Non, grand'mère, Léon n'a fait qu'un faux pas, et il espère en vous pour le relever. Vous êtes si généreuse !

— La générosité bien entendue ne s'exerce qu'à bon escient. »

J'ai cru la fléchir par ce qui m'avait touchée moi-même; mais à peine ai-je eu prononcé le nom des Montivrier, qu'elle est devenue implacable.

« Une liaison formée en dehors de ceux qu'on devrait avoir pour guides et qui fuit leur contrôle ne pouvait porter que des fruits empoisonnés. Vous avez voulu égaler le luxe qu'on déployait devant vous, prendre part aux plaisirs coûteux dont on vous donnait l'exemple. Vous avez aussi sacrifié votre fierté à votre vanité. Supportez-en les conséquences. »

Léon recevait cet abatage sans broncher, en regardant la pendule avec inquiétude. J'ai tenté d'égayer un peu la situation.

« Mais, grand'mère, nous avons fait nos petites folies, nous aussi, à Versailles. Léon a le droit d'être un peu gâté à son tour, et il vous reste bien quelque chose sur votre usufruit...

— Il ne me reste rien pour des dépenses suspectes. Lorsque ton cousin voudra aller dans le monde ou se livrer à quelque entreprise utile et honorable, mes largesses ne lui feront pas défaut. »

Le premier coup du déjeuner a sonné.

Il n'y avait plus qu'un moyen, un mauvais moyen; mais faute d'un autre...

« Grand'mère, épargnez un peu ce pauvre Léon. Si vous saviez comme grand-père l'a malmené!

— Ah! ton grand-père n'a pas la main aussi large que l'esprit... »

L'envie de faire de l'opposition lui venait.

Elle a parlé des ministres radicaux qui, après avoir eux-mêmes grisé les prolétaires de théories dangereuses, en prohibaient l'application et laissaient mourir de faim les ouvriers dont ils ont provoqué les grèves, tandis qu'une monarchie éclairée combat les abus, mais s'efforce d'en atténuer les résultats.

Ce disant, elle se rapprochait de son secrétaire, et

Et prenant la main qui le repoussait, il l'a baisée.

elle a fini par l'ouvrir et par imiter la monarchie
éclairée.

« Pour vous bien prouver qu'en ceci la question
d'argent est ce qui me touche le moins, tiens, voilà
ce qu'il te faut, mauvais garnement ! »

Léon a empoché vivement les billets qu'elle lui ten-
dait, sans s'arrêter au geste dédaigneux ; puis il s'est
rapproché avec gaucherie.

« Grand'mère ! »

Il avait envie de l'embrasser, mais elle s'est
reculée.

« Non. Tu as mon assistance, mais tu n'as pas
mon approbation. »

Il n'a pas voulu saisir la nuance, et, prenant la
main qui le repoussait, il l'a baisée, puis il s'est
sauvé, et deux minutes après nous l'avons vu, de la
fenêtre, qui filait sur sa bicyclette.

« Il a du bon, malgré tout, » a reconnu grand'–
mère, à qui le baise-main avait plu.

Juste à ce moment, grand-père est arrivé en
chattemite. Lui aussi avait vu filer Léon, et des
soupçons lui venaient.

« Il sort de chez vous ? a-t-il demandé à grand'–
mère. Il vous a raconté ses fredaines ; il a essayé de
vous soutirer de l'argent ? Mais j'espère bien...

— On ne me soutire pas de l'argent, monsieur
Jupin, a rectifié grand'mère avec noblesse, car je
suis toujours prête à donner ce qui est convenable ;

l'avarice n'oblitère pas mon jugement au point de m'aveugler sur les questions d'honneur. »

Là-dessus, ils ont eu une scène..., la plus terrible dont je me souvienne depuis bien longtemps. Grand-père a jeté son bonnet grec par terre en déclarant que grand'mère nous mettrait tous sur la paille, et elle a poussé le bonnet grec du pied en répondant que, Dieu merci, M. de la Varaudière l'avait mise à même de ne recourir à personne pour les obligations qu'un cœur comme le sien sentait sacrées.

Grand-père, qui n'avait plus son bonnet grec, s'est pris la tête et tiré les cheveux, en attestant que l'on perdait Léon. Elle a répliqué avec justesse que ce serait sûrement lui qui l'aurait perdu, puisque l'emprunt datait du temps où elle les avait laissés en tête-à-tête, et, comme grand-père criait toujours, elle a fini par déclarer qu'elle avait la migraine et qu'elle ne descendrait pas déjeuner.

C'est la grande brouille. Léon en est cause, lui qui devait si bien seconder mes efforts de concilia-tion! Et, pire encore, il a fait de moi presque sa complice.

Je lui en veux, oh! mais, sérieusement! et je ne sais pourquoi jusqu'ici je montrais tant d'indulgence à son égard. Voyons, détaillons-le. Bon à rien, c'est connu. Par conséquent, peu d'intelligence, point d'aspirations élevées, rien de noble, en un mot. Et il n'a même plus les vertus bourgeoises, plus de sin-

cérité, plus de sûreté, guère de cœur, puisqu'il nous
afflige tous. Un vilain caractère, enfin. Il est heureux que je m'en aperçoive, très heureux, assurément...

Tiens! pourquoi donc alors suis-je assez sotte...?

Non, c'est la vexation de m'être laissé abuser...

Mais, d'où qu'elle vienne, je n'ai pu la retenir,
cette larme, et Léon est encore cause d'un désastre;
ce pâté, le premier, au bas de ma page.

XI

15 mai.

Le voilà en complète disgrâce, et certes, il l'a bien mérité!

Le lendemain de son escapade, il est retourné à Sanglier, où l'accueil a dû être froid, et on ne l'a pas invité à revenir ici, d'autant moins que les petits, là-bas, ont la rougeole, et qu'il serait capable de me l'apporter.

Ce matin cependant, en me promenant dans le parc, j'ai vu, non sans surprise, une bicyclette qui ressemblait bien à la sienne, abandonnée contre un arbre, près de la maison du philosophe.

Ni M. Marchand ni sa vieille domestique ne faisant usage de cet instrument de locomotion, j'ai dû l'attribuer à un visiteur, et, comme il n'en vient guère

d'autres que les Grecs et les Romains hantant le
cerveau professoral de notre ami, j'ai été un peu
intriguée.

Les grandes aubépines roses ne sont pas loin de
là. Je me suis rappelée que je devais faire ma cueil-
lette, et je n'avais pas encore cassé quatre branches,
que j'ai aperçu Léon en personne sortant furtivement
du pavillon.

Il m'a aperçue aussi, — ces chasseurs ont des
yeux terribles, — et, sans hésitation, il est venu à
moi.

« Tu n'y arriveras jamais, a-t-il dit d'un air d'autorité en s'emparant de mon sécateur. Donne-moi
ça. »

Pouf! Les plus belles branches tombaient déjà, et
cette façon de rentrer de plain-pied dans mon intimité
m'a paru bientôt impertinente.

« Qu'est-ce que tu viens faire ici? » ai-je demandé
en essayant du froncement de sourcils de grand'-
mère.

Par malheur, j'ai les sourcils très blonds, et ça ne
fait pas d'effet.

Il a répondu sans se troubler :

« Empêcher ce pauvre Marchand de claquer d'in-
digestion historique. Il est dans l'état d'un homme
qui aurait avalé un dictionnaire en cinquante volumes.
Je lui en fais cracher un peu.

— Alors tu continues tes leçons ?

— Chaque matin. »

Faire seize kilomètres aller et retour pour com-

Les plus belles branches tombaient déjà.

plaire à ce vieux maniaque, c'est gentil tout de même, et je n'ai pas voulu brusquer Léon.

« Ça t'amuse, tes leçons?

— Ça·m'embête à mourir ! »

Je m'en doutais. Il a poursuivi :

« Mais la vie n'est faite que d'embêtements, et le plaisir, c'est quand, en s'embêtant, on amuse les autres ! »

Il a une conception de la vie à lui, particulière, simple et déconcertante.

Comme je croyais devoir m'informer de la rougeole :

« Loulou l'a prise à son tour, m'a-t-il annoncé. Ça en fait quatre sur le flanc. Ils y passeront tous, mais du moment qu'ils n'y resteront pas...!

— Et qui les soigne ?

— Peuh !... Maman n'est pas très leste, papa n'est pas très patient, Valentine s'occupe de la petite...

— Alors c'est toi... ?

— On ne peut pourtant pas les laisser périr, ces pauvres gosses, » a-t-il dit, éludant la question; car c'est un peu ridicule pour un homme de veiller sur cette marmaille.

« J'ai envie d'aller t'aider, ai-je proposé.

— Ah bien ! il ne manquerait plus que ça. C'est très contagieux, la rougeole ! »

Il enfourchait sa bicyclette, retournant en hâte distribuer sa tisane; mais je sais désormais où le prendre si j'ai quelque bon conseil à lui donner, et j'allais parler de cette rencontre à mes grands-parents, quand un nouvel incident me l'a fait perdre de vue.

Depuis avant-hier la situation se détendait un peu. Les phrases cessaient de renfermer chacune quelque allusion désagréable, et je n'avais plus eu besoin de recourir à M. Marchand en guise de tampon.

Mais, en rentrant, j'ai trouvé l'incendie rallumé.

Bon papa se promenait à grands pas dans le salon devant bonne maman, qui ne levait pas les yeux de sa tapisserie, et, dès que j'ai eu la malencontreuse idée d'ouvrir la porte :

« Là ! faisons-la juge ! s'est-il écrié en s'arrêtant devant moi.

— Soit ! a concédé grand'mère, quoique l'objet de la discussion ne paraisse pas de son ressort. Mais elle ne verra dans cette affaire que ce qu'on doit y voir : une simple absurdité.

— Margot a plus de bon sens que vous ne lui en prêtez, et elle est d'une génération pratique, a soutenu grand-père. Voyons, petite, avance à l'ordre, et écoute-moi, sans parti pris.

— Ne te laisse pas circonvenir, » a recommandé aussitôt grand'mère.

Je me suis inclinée à droite et à gauche, et, modestement, j'ai tendu l'oreille.

« Soyons positifs, a repris grand-père. Tu es à

l'âge où l'on doit se rendre compte des choses. Tu
n'es pas tout à fait un laideron, tu appartiens à une
famille de braves gens, tu as une belle dot. Donc tu
es en mesure de faire un joli mariage. Qui est-ce que
tu veux épouser ?

— Quelqu'un qui me plaira.

— Il te plaira, bien sûr, puisque tu l'épouseras.
La personne n'est pas en question. Je te parle de
l'avantage que tu dois chercher à acquérir. Qu'est-ce
qui te tenterait ?

— Je n'en sais rien, je n'ai jamais pensé à ça.

— Mais j'y ai pensé, moi, et à l'époque où nous
sommes, vois-tu, ce qu'il y a de mieux c'est encore
un gros sac ! »

Grand'mère maniait fébrilement son aiguille à tapisserie. Je ne me suis pas troublée.

« Je le répète, grand-père : tout dépend de la personne qui apportera le sac.

— Eh ! c'est un charmant garçon, tout à fait bien,
j'en suis sûr.

— Vous ne l'avez jamais vu, a interrompu grand'-
mère n'y pouvant plus tenir.

— Non, mais je connais son père.

— Votre marchand de vin ! »

Elle s'est levée. L'indignation me gagnait :

« Je ne veux pas épouser un marchand. »

Grand-père a essayé de reprendre l'avantage.

« Attends donc. Il y a fagot et fagot. Tu ne sais

donc pas ce que c'est qu'un grand marchand de vin ?
Tout ce qu'il y a de plus chouette. Une aristocratie
véritable. Tu n'as jamais entendu parler des Char-
trons, à Bordeaux ? Ces gens-là vivent dans des
palais comme des princes. Ce sont eux qui donnent
toutes les fêtes, qui achètent les antiquités, qui payent
à leurs femmes des bijoux et des toilettes ! Le grand
négociant dont je te parle a un hôtel à Dijon, où
habitaient les présidents au parlement, et là dedans
une collection de tapisseries...

— Comment s'appelle-t-il ?

— Hum !... Moignot,... M. Moignot, a dit grand-
père dans un sourire angélique.

— C'est un affreux nom. Je ne veux pas m'appeler Mme Moignot.

— Comment, affreux ! Mais c'est célèbre ! La marque
Moignot, Auguste Moignot ; on ne voit que ça sur les
bouteilles.

— Je ne suis pas une bouteille, je ne veux pas de
cette marque-là !

— Vous l'entendez ! » s'est exclamée grand'mère
triomphante.

Grand-père se remettait à pousser les hauts cris :
« Elle refuse des millions pour un enfantillage !
Elle ne sait ni ce qu'elle fait ni ce qu'elle veut... Elle
est folle !

— Non, grand-père, et, pour vous prouver que je
sais ce que je veux, puisque vous le demandez et

11

que d'après vous je peux choisir, ce qui me plairait beaucoup plus que l'argent, ce qui me servirait
bien davantage, puisque j'ai déjà assez d'argent à
moi, ce serait de monter un peu en grade, d'entrer
dans une bonne famille, d'avoir une petite particule...,
un titre, si ça se trouvait.

— Ces ambitions ne sont point vulgaires, et, en
tous cas, on ne peut aller à l'encontre, » a constaté
grand'mère, rayonnante.

Grand-père se grattait l'oreille sans oser trop
défendre son candidat blackboulé. Tout au fond, il a
un faible, lui aussi, pour la noblesse : témoin son
propre mariage et la déférence qu'il garde pour les
la Varaudière.

Tout à l'heure, quoique la journée ait été orageuse,
j'ai trouvé grand'mère rassérénée, assise à son secrétaire et couvrant le papier blanc vergé, auquel elle
demeure fidèle, de son écriture régulière et fine, qu'on
dirait tracée avec une pointe d'aiguille.

« A qui donc cette grande lettre, bonne maman ?

— A mon ancienne belle-sœur. Le régiment du
jeune la Varaudière vient en manœuvre de nos côtés,
et, après toutes les politesses que nous avons reçues
à Versailles, il est indispensable que j'invite ce jeune
homme. Ton grand-père y tient absolument.

— Mais M. Arnaud ne viendra pas ! ai-je dit
effrayée.

— Il n'est plus question d'Arnaud, a prononcé

grand'mère avec impatience. Et, puisque nous faisons une dernière fois allusion à ce fâcheux incident, je crois, ma chère enfant, qu'ici, dans la famille, autant vaut ne pas le mentionner.

— Ah! je n'aurais garde! C'est bien trop ridicule. »

XII

Il est venu, M. de la Varaudière numéro trois;
il a déjeuné ici avec son général, son colonel et
je ne sais combien d'officiers qui manœuvraient dans
nos parages, et que grand-père a invités, en bloc,
dans un bel élan de patriotisme et d'hospitalité,
débouchant en leur honneur quantité de bouteilles
marque Moignot. Après quoi, tous sont partis, au
galop de leurs chevaux, sans m'avoir donné le
temps de reconnaître leurs figures, de compter leurs
galons, d'entendre même leurs noms, laissant à peu
près l'impression d'une charge de cavalerie qui aurait
passé sur nous.

Le jeune la Varaudière se dégage un peu de ce
pêle-mêle bruissant et doré. Il était à côté de moi,
à table, — je voisine toujours avec cette famille, —

et nous avons causé tout le temps. La conversation
est infiniment plus aisée avec lui qu'avec ses frères,
et je dois dire qu'il ne leur ressemble pas du tout.
Dix ans de moins, toutes ses dents, qui sont magni-
fiques; tous ses cheveux, du plus beau noir; un
vrai jeune homme enfin!

Le seul signe de race serait cette pâleur dont il a
hérité aussi. Mais on peut se borner à trouver qu'il
a le teint mat, et c'est même très distingué pour un
brun.

Seulement, avec sa figure blanche un peu longue,
encadrée de noir, il me rappelle encore le valet de
pique (un tic que j'ai là-dessus), et cela vient aussi
de ce qu'il s'appelle Ogier, ce dont il est du reste
le premier à rire, en blaguant agréablement son
illustre ancêtre.

Tout à fait dans le train, ce la Varaudière-là.
Pendant le fameux déjeuner, il m'a raconté, sans
bredouiller le moins du monde, ce qu'on fait pour
s'amuser dans le monde militaire : les carrousels,
les fêtes qu'on organise, les revues qu'on joue, les
excursions, les pique-niques, les parties de pêche,
puis les anecdotes qui s'y rattachent.

Il m'en a peut-être raconté un peu trop... Mais
enfin il a du montant. Comment s'accommode-t-on
de ce genre à l'hôtel la Varaudière? Il n'y fait pas
long feu, j'ai cru le comprendre, quoiqu'il parle
de ses parents avec respect. Mais il m'a dit que ses

frères étaient des fossiles, en riant à se tordre de la
Revue héraldique, et en comparant leurs idées d'un
autre âge aux clefs de ce pauvre M. Arnaud, très

Ils sont tous partis au galop de leurs chevaux.

belles sans doute, mais toutes rouillées, et qui n'ouvrent
plus rien.

Grand-père, qui a entendu, a été charmé de la
comparaison, et a dit que ce petit bonhomme ne
manquait pas d'esprit. « Petit bonhomme » est un

peu familier; mais il est vrai que M. Ogier est petit pour un officier de cavalerie, et je crois que grand-père est bien aise d'avoir la tête de plus. Cela diminue le prestige toujours un peu gênant des la Varaudière.

Par contre, de transgresser ainsi les traditions solennelles de sa famille devrait le déprécier aux yeux de grand'mère. Pas du tout.

Elle a pour M. Ogier la même indulgence aveugle que pour ses aînés, et fait pour lui ce que, Dieu merci, elle n'a pas songé à faire pour eux.

Ne l'a-t-elle pas invité à revenir?

« Vous connaissez le chemin de la Sapinière, c'est dire : J'espère que vous le reprendrez, » a-t-elle déclaré, lorsqu'en prenant congé il lui a baisé la main, — comme Léon l'autre jour, — mais avec un autre chic!

Et grand-père d'appuyer l'invitation à sa manière :

« Vous nous avez dit que le pays vous plaisait, il faut le prouver, mon lieutenant. Qu'est-ce qu'un petit voyage à votre âge, et quand on ne paye que quart de place? »

Parler de quart de place à un jeune homme si brillant! J'en ai rougi, et grand'mère a lancé un regard terrible à grand-père, puis s'est efforcée de noyer la bévue dans un flot d'attendrissement.

« Ne nous faites pas trop attendre votre visite, car
vous risqueriez de ne plus nous trouver. Nous ache-
vons de descendre le versant de la colline. Savez-vous
que dans un mois nous célébrons notre cinquantaine?
Et, j'y pense! pourquoi ne pas venir à cette fête de
famille, représenter de vieux souvenirs qui n'y seront
pas déplacés? »

Grand-père n'a pu s'empêcher de faire la grimace, et je ne vois pas trop comment l'ombre
de son prédécesseur rehaussera la fête, à moins
que ce ne soit pour l'attacher à son char de
triomphe.

Mais le triomphe n'est pas déjà si brillant.

Mon Dieu! cet anniversaire qui tombe le 5 juillet.
Quelques semaines à peine devant moi! et pas le
moindre quartier de lune de miel à l'horizon! Je
m'ingénie en vain à faire naître des incidents. Ils
avortent l'un après l'autre, ou bien ils tournent à
mon préjudice comme l'histoire de Léon, comme
l'affaire Moignot, et mon imagination se refuse à
fournir davantage.

Mais..., une idée!... L'incident par excellence, ce
sera la cinquantaine elle-même!

Oui! de ces cendres qu'on va remuer, il jaillira
bien une étincelle. Et nous serons là tous pour
tisonner, fourgonner, souffler, jusqu'à ce qu'une petite
flamme s'allume, que nous ne laisserons plus s'é-
teindre. Le ban et l'arrière-ban de la famille sont

convoqués. Pourvu que les autres ne gâchent pas
ma besogne, comme Léon !

Je l'ai revu encore hier matin, car le père Marchand ne lui fait pas grâce d'une leçon, et je l'ai
trouvé mélancolique, un peu maigri même. Il n'a
paru nullement intéressé par ce que je lui ai raconté
de M. Ogier, et nullement enthousiasmé par la perspective de faire sa connaissance prochainement, car
M. Ogier a accepté ferme l'invitation et viendra
même quelques jours à l'avance.

Voilà bien de l'empressement, et j'ai laissé mon
ingénuité à Versailles..., à Saint-Denis surtout.
M. Ogier, que M. Marchand appelle « le troisième
Horace », m'a tout l'air de vouloir remporter le
prix du combat, sans trop se soucier de ses frères
restés sur le carreau.

Albe, que je personnifie pour l'instant, voudra-
t-elle se laisser conquérir? Je n'en sais rien encore,
rien du tout. Je ne le connais pas, ce petit M. de la
Varaudière; mais je ne suis pas épouvantée comme
lorsqu'il s'agissait de M. Arnaud, ni révoltée comme
à l'idée de M. Gaétan. Je suis même flattée. Un officier de cavalerie bien né, c'est un joli parti.

Une seule chose me met en défiance :

« Grand'mère, ai-je dit doucement hier en la trouvant qui écrivait encore à son ancienne belle-sœur,
quelle raison majeure avez-vous donc de me faire
épouser un la Varaudière? »

Sa plume lui est tombée des mains, et, comme
elle ne ment jamais, elle a voulu biaiser :

« Quelle raison avez-vous vous-même, mademoiselle, pour vous permettre de supposer qu'on pense
à cette alliance ? »

Je lui ai montré du doigt sa lettre, puis une
photographie de M. Ogier qu'on lui a envoyée l'autre
jour, et, devant ces pièces à conviction, elle s'est
laissée arracher des aveux.

« Tu nous as exprimé tes goûts et tes souhaits
pour l'avenir, ma chère petite, et il nous a semblé
qu'Ogier pouvait y répondre. Sa naissance, sa carrière, son extérieur, n'ont rien que d'attrayant...

— Oui... Mais vous n'avez pas songé à d'autres
qui pourraient avoir les mêmes avantages, et vous
avez songé à ses frères qui ne les ont pas ? »

Grand'mère n'a pu se défendre contre une logique
aussi serrée.

« Il m'est doux, évidemment, de te rattacher à mon
passé. Une affection et une estime ancienne ont
droit de peser aussi dans la balance...

— Dans la vôtre, mais dans celle de grand-
père ?...

— Oh! lui, c'est la question de l'usufruit. »

Elle a fini par m'expliquer qu'elle jouissait de
capitaux importants, dont la propriété restait aux
la Varaudière, et que, dans le cas d'une union entre
les deux familles, on serait disposé de part et d'autre

à concéder ces droits au jeune ménage, qui se trouverait ainsi d'emblée dans une situation magnifique.

« Aussi bien posé que les Montivrier, et aussi
riche peut-être ! » a-t-elle proclamé, voyant déjà
ses vœux accomplis.

XIII

15 juin.

Nous venons d'avoir une fameuse alerte, et j'en suis encore bouleversée.

Hier, grand-père et grand'mère sont allés à Besançon pour des achats mystérieux, les souvenirs qu'ils distribueront pour le grand jour, — et ils n'ont pas jugé à propos de m'emmener, ce que je préférais de beaucoup, car ils se disputent jusque dans les boutiques, grand'mère désapprouvant toujours les choix de grand-père comme vulgaires et mesquins, et lui ne trouvant jamais ce qu'elle achète assez utile, assez solide et assez bon marché.

J'ai donc déjeuné seule, ce qui me fait un drôle d'effet; mais je n'étais pas fâchée de cette journée de calme et de silence en perspective. J'ai tant besoin de réfléchir! et je me promenais à petits pas dans l'ombre chaude de l'allée de sapins, quand j'ai entendu un bruit de roues.

C'était le break de Sanglier. Cela m'a surprise, et j'ai été plus surprise encore de ne voir personne dedans.

En arrivant auprès de moi, le cocher a arrêté et il a dit :

« Je viens de la part de M. Léon pour donner des nouvelles.

— De bonnes nouvelles?

— Pas trop. C'est la petite qui va être morte avant ce soir.

— Ma filleule! »

Le brave homme m'a expliqué tranquillement qu'elle avait la rougeole à son tour, qu'on croyait que ce n'était rien, mais qu'hier elle avait pris froid,... quelque fenêtre ouverte,... les enfants à cet âge ça tient à un rien..., et, ce matin, elle ne pouvait plus respirer. M. Léon l'avait chargé de nous prévenir avec ménagement, et lui avait dit de prendre le break.

Ces derniers mots m'ont éclairée.

« Vous venez nous chercher...? On nous attend là-bas?

— Oh! je ne pense pas. L'enfant doit avoir passé à cette heure. C'est si petit!... »

C'était si petit, que ça ne lui semblait pas valoir un dérangement. J'ai été révoltée.

Ma pauvre filleule! Je découvrais soudain qu'elle
me tenait au cœur autant qu'une grande personne,
et davantage. Je me la représentais dans son berceau
avec sa petite gorge haletante et son petit visage
rouge, et ma résolution s'est trouvée aussitôt prise.

« Mes grands-parents n'y sont pas, mais je vais
m'en aller avec vous. »

Il a paru stupéfait et a grommelé quelque chose
sur ses chevaux qui étaient fatigués.

Je n'y ai prêté aucune attention. En deux minutes
j'ai mis mon chapeau, prévenu les domestiques,
fait tourner bride, et en route pour Sanglier.

Ah! la triste route! quoiqu'elle fût autrement jolie
que cet hiver, avec les arbres en feuilles, les prés en
fleur, les champs de blé doré ou de trèfle incarnat.
Le printemps me semblait une injustice et une déri-
sion. Le vrai printemps, ce sont les petits enfants;
et lorsqu'ils meurent, de quel droit chantent les
oiseaux et s'ouvrent les pâquerettes? En arrivant à
Sanglier, j'ai vite sauté à bas de la voiture, contente
cette fois de trouver les portes ouvertes, et, sans rien
demander à personne, je montais chez Valentine,
quand Léon est descendu au-devant de moi. Il a
deviné la question que j'avais sur les lèvres, et m'a
dit tout de suite :

« Elle est en vie! »

Mais j'ai deviné, moi aussi, à son air, ce qu'il
ne disait pas.

« Elle est très mal, Léon?... Va-t-on la sauver?

— Le docteur ne peut rien assurer... Mais pourquoi es-tu venue? C'est très imprudent. Comment grand'mère a-t-elle permis...

— Grand'mère n'y est pas. »

Je continuais à monter. Il a voulu m'arrêter :

« En son absence, je dois te défendre...

— Toi! »

Je l'ai regardé de haut. Il a baissé le ton.

« Non, je t'en prie, ne va pas dans cette chambre.

— Tu y vas bien. Tu y as passé la nuit. »

Ça se voyait à ses yeux battus. Il n'a pas osé en disconvenir :

« Moi, ce n'est pas la même chose.

— Par exemple! Tu es son oncle, je suis sa tante. Tu es son parrain, et je suis sa marraine. De plus, la rougeole est encore plus dangereuse à ton âge qu'au mien, et, enfin, je ne suis pas une poule mouillée plus que toi.

— Je ne t'ai jamais prise pour une poule mouillée. Mais ce que tu verras est si triste! »

Il me laissait passer à son corps défendant, et j'entrais chez Valentine.

Ah! cette fois, je ne me suis guère inquiétée du décorum. La pauvre femme est venue à moi toute décoiffée, avec une vieille robe de chambre, et m'a embrassée en sanglotant :

Au bout d'un moment, le docteur a dit que l'effet se produisait.

« On a beau en avoir sept, on tient autant à chacun. Mais Dieu me la gardera. »

Et elle était belle en disant cela, oui, belle de sa douleur, et de son insouciance d'elle-même, et de cette confiance surhumaine de son cœur de mère.

Tout le monde se trouvait là, autour du berceau et du médecin. Je me suis approchée.

Oui, c'était triste, plus encore que je ne l'aurais cru. Elle étouffait, la pauvre chérie; elle avait des quintes de toux qui secouaient sa petite poitrine, et, dans l'intervalle, elle ouvrait de grands yeux hagards, de ces yeux de petits enfants, si étonnés devant la souffrance qu'ils doivent sentir ne pas mériter.

Par moments sa respiration s'arrêtait; on aurait pu croire que c'était fini, et on essayait inutilement de lui faire avaler quelques gouttes blanches dans une cuiller.

Le docteur a dit qu'il allait risquer de lui mettre un vésicatoire, et, à la manière dont il s'exprimait, j'ai bien compris que c'était la dernière chance.

Valentine a soulevé l'enfant. Je lui ai demandé :

« Laisse-moi t'aider. »

J'avais besoin de m'employer, de toucher ce pauvre petit corps malade, de courir personnellement une apparence de danger. Et Valentine l'a compris. Au lieu de se croire obligée à des recommandations de prudence comme les autres, elle m'a permis de l'aider, quoiqu'elle n'eût aucun besoin de mon assistance.

Je ne l'aurais jamais crue si adroite, elle qui s'attife si mal. Ses grandes mains semblaient d'une légèreté, d'une douceur extraordinaire, tandis qu'elle écartait la brassière, découvrait le dos, juste autant, juste à la place qu'il fallait, et j'ai été contente de voir ces chairs potelées que la maladie n'a pas eu encore le temps de fondre. Moi qui étais choquée de l'énormité de ma filleule, je l'aurais voulue deux fois plus grosse pour mieux résister.

On lui a collé un papier grand comme une pièce de cinq francs, et, au bout d'un moment, le docteur a dit que l'effet se produisait. Elle devait souffrir beaucoup, mais elle n'avait plus guère la force de crier.

J'ai encore aidé Valentine à retirer le vésicatoire, qui paraissait l'avoir soulagée déjà.

« Le bon Dieu me la gardera, » répétait Valentine.

Et oncle Raoul et tante Anna, très abattus au début, commençaient à murmurer aussi que l'enfant avait un bon coffre.

La journée a fini sans que nous nous en apercevions. Quand on a apporté la lumière seulement, j'ai repensé à la Sapinière et à mes grands-parents; puis j'ai oublié encore, parce que la petite a repris une quinte de toux si forte qu'on a cru qu'elle y restait, et j'ai senti quelque chose se briser en moi aussi, qui ne

m'a plus laissé la force de me tenir là ni de regarder.
C'est Léon qui a pris ma place, et ensuite il est
venu me rejoindre près de la fenêtre où je m'étais
traînée, et il m'a exhortée.

« Un peu de calme, sapristi! Ce n'est pas le moment de se monter le bourichon. »

Je me suis mise à pleurer comme une sotte.

« Léon, je crois que si la petite meurt, je ne
m'en consolerai jamais.

— Et moi donc! » a-t-il laissé échapper de son
ton bourru.

J'étais si émue, que je ne savais plus ce que je
disais.

« Notre filleule, Léon... Elle est un peu à nous,
cette enfant-là... »

Il est devenu rouge... de colère, je suppose, car
tout à coup il s'est fâché contre moi.

« Alors pense donc à la petite, et oublie-toi.
Regarde plutôt Valentine. Voilà ce qui s'appelle une
femme! »

Le fait est qu'elle ne songeait plus à pleurer.
Elle avait les yeux secs, bien ouverts pour tout
voir, pour tout faire avec cette même adresse silen-
cieuse que je ne lui connaissais pas, et en même
temps ses lèvres remuaient pour appeler le bon Dieu
à son aide.

Là-dessus grand-père et grand'mère sont arrivés,
furieux de mon escapade, mais l'oubliant vite quand

ils ont vu l'état des choses, et l'on ne m'a pas empê-
chée de veiller avec les autres.

La petite avait fini par s'endormir, et le docteur
la trouvait mieux. Puis, au milieu de la nuit, son
sommeil est devenu tout à fait calme, si bien que
je me suis endormie aussi dans mon fauteuil, sans
plus de façon que tante Anna, et, en me réveillant,
je n'ai eu qu'à regarder Valentine pour savoir à quoi
m'en tenir.

Elle n'avait pas dormi, elle; mais sa fatigue même,
pour ainsi dire, était rayonnante; il y avait de la
joie dans chaque pli de sa figure.

« Le danger est passé, nous a-t-elle assuré. Allez,
je m'y connais. »

Et, en effet, le docteur, qui est venu le matin,
croit qu'il n'y a plus à s'inquiéter. Ça se remet si
vite, les bébés, et ça n'a pas de mémoire. Celle-là
commençait déjà à rire comme si de rien n'était, et
nous sommes allés déjeuner.

Nous étions si contents que nous parlions, que
nous riions tous ensemble, et grand'mère, pour la
première fois, ne s'est pas bouché les oreilles d'un
air scandalisé. De même, les quinze cents francs de
Léon se sont trouvés oubliés du coup.

Grand-père, qui par distraction l'avait embrassé
comme les autres, n'est pas revenu sur son bon
mouvement. Tant mieux! car Léon a bon cœur, cela
j'en réponds! on ne trompe pas là-dessus.

On s'est séparé en excellents termes et de plus
en plus gais, parce que la petite Reine allait de
mieux en mieux.

« Fameux coffre ! proclamait grand-père, rééditant l'oncle Raoul. Le coffre des Jupin ! »

Un bon coffre, cela ne trompe pas non plus, et
grand-mère en est convenue tacitement.

Sur la route de la Sapinière seulement, ses préoccupations habituelles se sont réveillées. On a déploré
les dangers que je venais de courir, et grand-père
a essayé d'en voir le bon côté.

« C'est son apprentissage de mère de famille qu'elle
commence.

— Faut-il donc le lui laisser payer de sa vie ! »
s'est récriée grand'mère, tragique.

Elle est persuadée que tous les microbes de la
rougeole me dévorent déjà. Je l'assure du contraire ;
puis, comme elle s'obstine à envisager les pires éventualités :

« Enfin quand même, grand'mère !... La rougeole n'est pas une maladie mortelle. Moi aussi,
j'ai un bon coffre.

— Mais, malheureuse enfant, tu n'y songes donc
pas ! Ces affreux boutons rouges... Et Ogier de la
Varaudière qui arrive dans huit jours ! »

XIV

Le grand homme est dans nos murs, et nos murs renferment encore bien d'autres illustrations.

D'abord, mon oncle l'abbé, qui est si bon, si bon, qu'il pourrait passer pour un saint, n'était un je ne sais quoi qui lui manque : un peu d'onction, un peu de solennité, un peu d'auréole.

Et puis, mon oncle et ma tante de Rouen, si riches, qu'ils feraient l'effet de Crésus, n'était aussi cette absence de prestige, ce sans-façon à considérer ses propres avantages, qui les déprécie aux yeux des autres.

Et ma cousine de Rouen, Marie-Louise, qui a quatre cent mille francs de dot, des chapeaux de toutes les formes, des robes de toutes les couleurs, et avec cela des yeux un peu ronds, de bonnes grosses joues et un petit air simplet, mettant obstacle à la moindre pose.

M. Ogier de la Varaudière n'a rien moins que l'air simplet; il peut donc poser, et ne s'en prive pas. Comment Léon l'a-t-il deviné avant de le connaître?

Sa pose est d'ailleurs de bonne compagnie et assez divertissante. Il est celui qui voit et dit les choses telles qu'elles sont, et, d'après lui, elles ne seraient pas belles.

Non seulement passé, mais oublié, le temps de la chevalerie.

Adieu les sentiments. Ils avaient leur charme. On s'en sépare à regret, comme lorsqu'on jette des fleurs fanées. Mais qu'en faire? Tout le monde ne peut se vouer à la confection d'un herbier comme M. Arnaud et M. Gaétan. Il faut vivre la vie telle qu'elle est à notre époque, et s'efforcer d'en tirer le meilleur parti.

On s'amuse encore, — non plus avec la conviction et l'entrain d'autrefois; — mais enfin cela vaut toujours mieux que de s'ennuyer. Seulement le moindre plaisir exige une forte dépense préalable d'imagination, car on doit avant tout trouver de l'inédit, comme on invente des plats extraordinaires pour les gens qui n'ont pas faim.

Nous, nous avons encore bon appétit; l'air de la campagne, probablement... Mais nous ne serons pas fâchés de goûter tout de même à ces nouvelles sauces, et nous avons prié M. Ogier d'organiser quelques réjouissances nouveau style, en l'honneur de grand-père et de grand'mère.

Le 5 juillet, le jour anniversaire, sera presque une fête religieuse, et il serait bon d'avoir aussi un jour de fête, plus mondain, qui réunirait le voisinage.

J'ai émis l'idée, et tout le monde y a souscrit. Grand'mère est toujours séduite par la vision de plantes vertes dans les escaliers, de robes de soie à traîne sur les tapis, et de révérences échangées dans les salons.

Et pour grand-père, c'est la perspective d'une grande table avec beaucoup de monde autour. Mais M. Ogier, notre chef de file, n'a pas voulu entendre parler d'un déjeuner ni d'un dîner. Trop rebattu.

Nous sommes à la campagne, il fait beau : une réunion en plein air s'impose. On ne peut plus décemment parler de goûter sur l'herbe, et malgré son exotisme, le mot de *garden-party* a fait son temps.

La gymkana perd aussi de sa saveur. Mais enfin on n'a pas encore trouvé mieux, et nous sommes à la campagne, où l'avant-dernière mode peut se porter.

Nous aurons donc une gymkana, que M. Ogier définit agréablement ainsi : une partie fine où, ne trouvant pas suffisante la bêtise de ses amis, on s'adjoint quelques invités de l'espèce animale.

Autrement dit, l'originalité de la chose consiste en ce que les gens de bonne volonté amènent et présentent une bête quelconque, à laquelle ils se seront efforcés auparavant d'inculquer certains talents de société, et ces talents, mis à contribution, formeront la *great attraction*.

Comme nous n'avons pas beaucoup de temps pour styler nos élèves, on sera indulgent, et ces messieurs corseront le programme par d'aimables jeux, tels que courses en sac, courses à la cruche, empruntés aux fêtes de village ; car, lorsqu'on ne peut pas trouver du nouveau, on se rabat sur du très vieux, ce qui fait, paraît-il, à peu près le même effet.

La gymkana a donc rallié les suffrages, y compris ceux de mon oncle l'abbé, qui juge ce divertissement des plus innocents ; et il ne s'est plus agi que de recruter dans le voisinage des figurants à deux et à quatre pattes. Nous avons bien couru, mais notre idée a été adoptée partout avec enthousiasme, et chaque jeune homme ou jeune fille de nos environs se livre maintenant, en secret, à des éducations mystérieuses.

Je n'ai trouvé que Léon de rétif.

« Ça ne suffit donc plus, a-t-il observé d'un ton grincheux, de forcer les gens à s'embêter par poli-

tesse! On se met à tourmenter les pauvres bêtes pour
qu'elles aillent dans le monde! »

Lorsqu'il me taquine ainsi, c'est qu'il est de mauvaise humeur; mais il n'a vraiment plus de motifs
plausibles de l'être, à présent que la petite Reine se
porte à merveille, que lui-même est rentré en grâce;
et je lui ai fait comprendre qu'il devait unir ses efforts
aux nôtres, sous peine de manquer à nos grands-
parents, les héros de la fête.

Avec lui, le sentiment prend encore, et il a fini
par promettre.

« Eh bien! oui, j'en serai.

— Et... qu'est-ce que tu présenteras? »

Il a réfléchi. Puis, d'un air profond :

« Des singes! »

Où peut-il en trouver? Il se moque de moi. C'est
insupportable.

Mais je devais faire un nouvel appel au sentiment!

« Léon, tu pourrais présenter à grand'mère bien
mieux que des singes. Tu es en mesure de lui donner un vrai plaisir, je dirai plus..., de lui enlever une
peine. »

Il est devenu sérieux.

« Voyons?

— Les vieilles gens se blessent d'un manque
d'égards. Elle tient tant à cette visite des Montivrier! Profite de l'occasion, amène-les-lui! »

C'est curieux pourtant de voir à quel point il est
entêté sur les Montivrier. Il hésitait.

Je me suis indignée.

« Comment, Léon ! pour grand'mère qui a contri-
bué à te garder leur estime..., qui a été si bonne
pour toi !...

— C'est vrai, a-t-il dit précipitamment. Eh bien !
tu peux les lui annoncer... Je les amènerai. »

J'ai vaincu son obstination, et j'en ressens une
satisfaction exagérée.

Partagerai-je donc l'idée fixe de grand'mère sur
les Montivrier ?

Non, assurément.

Je ne nierai pas qu'ils ne m'intéressent toujours.
Mais il y a plus.

Ce jeune ménage, si tendre, peut être d'un bon
exemple, même pour un vieux ménage.

Et puis, avouons une petite faiblesse.

M. Ogier me fatigue un peu avec les histoires de
ses amis qui sont tous marquis, comtes, avec des
cent mille francs de rente, des équipages, des hôtels,
qui paraissent former un monde bien différent de
notre monde campagnard et bourgeois.

Je ne serais pas fâchée qu'il trouvât chez nous
à qui parler, — pour ne pas se croire un dieu en exil,
employant ses loisirs à enseigner les pâles humains.

C'est sous ce jour qu'il apparaît à ma cousine de
Rouen, et tout le temps qu'elle ne passe pas dans

la cour avec le canard qu'elle s'efforce de styler, et
que notre lieutenant ne consacre pas lui-même au
petit cochon d'Inde, — l'élève de son choix, — cette
pauvre Marie-Louise reste bouche bée à recueillir ses
oracles.

Je ne le cacherai pas, la société de M. de la Varaudière me plaît. Mais je n'entends pas les choses ainsi.
Je ne le tiens pas pour un être d'essence supérieure,
ce qui m'amènerait à me juger moi-même d'essence
inférieure, et, si je l'épouse, je ne veux pas être
éblouie, je veux être heureuse.

L'épouserai-je?

Il me fait la cour très ouvertement; donc je lui
conviens, nul doute là-dessus.

Mais me convient-il?

Ma foi, je crois que oui.

Bien de sa personne, aimable, intelligent, la naissance et la fortune, que puis-je lui demander de plus?
ce sera un mari non seulement acceptable, mais avan-
tageux. A son contact, ma vocation se dessine. Je suis
un peu ambitieuse comme grand'mère; une arriviste
dans le style moderne. Par lui j'arriverai.

En route!...

Qu'ai-je donc qui m'arrête? Encore ce petit frisson
glacial de l'hôtel de la Varaudière et de Saint-Denis.

M. Ogier est bien vivant, lui, pourtant. Il est de
demain plutôt que d'hier et secoue au contraire notre
torpeur, il réveille nos esprits engourdis.

Mais c'est mon cœur qui ne parle pas. Je le sens aussi obstinément muet que celui de mes grands-parents. Cela m'inquiète, et voilà que j'attends, avec impatience pour moi comme pour eux, l'épreuve décisive : les réflexions, les comparaisons, les émotions que suscitera pour chacun de nous ce grand anniversaire des noces d'or.

XV

Bonne journée, sauf qu'elle a mal commencé et pas très bien fini.

Quant à la gymkana, succès complet.

Nous avions choisi aujourd'hui, mercredi, parce que la fête de famille a lieu samedi et qu'il faut un répit entre les deux.

Je me suis réveillée de bonne heure, très anxieuse du temps qu'il ferait.

Le temps était resplendissant, premier point de gagné, et je me suis hâtée d'aller exercer mon champion, un petit boule très intelligent, l'un des nombreux descendants du vieux Mistra de grand-père. M. de la Varaudière ne m'a pas caché qu'un chien, dans la circonstance, manquait d'originalité ; mais, ma foi, je ne me suis pas senti les capacités nécessaires pour une éducation plus difficile.

13

Dans la cour, j'entendais les coin-coin du canard de cette pauvre Marie-Louise, et les objurgations haletantes de ma cousine courant après lui. M. Ogier a dû avoir aussi une séance pénible avec son cochon d'Inde, car il était blanc de fatigue en nous rejoignant dans le parc, où grand-père s'occupait de faire dresser une grande table qui servira de buffet, tout près de la piste couverte de sable fin réservée à nos ébats.

M. Ogier a bien voulu surveiller les moindres détails, et, comme je m'étonnais du sérieux qu'il y mettait, il a daigné m'instruire :

« Oui, mademoiselle Marguerite, il est logique de s'occuper gravement des petites choses lorsqu'il n'en est point de plus importantes.

— Comment!... rien de plus important qu'une gymkana?

— Rien, évidemment, à notre époque.

— Monsieur Ogier, vous m'interloquez.

— Eh bien! procédons par comparaison. C'est le moyen de se faire comprendre par les enfants et les peuples primitifs.

— Merci de cette première comparaison.

— Il n'y a pas de quoi! Les enfants grandissent et les peuples aussi, au contact de la civilisation.

— Représenteriez-vous la civilisation, monsieur Ogier? »

Il a souri. Il est persuadé qu'il la représente. Puis il est revenu à la gymkana.

« Voyons, mademoiselle, vous reconnaissez qu'autrefois on attachait une certaine importance aux
tournois.

— Oh! monsieur Ogier..., est-ce que vous allez
prendre la suite du cours d'histoire de M. Marchand?

— Non. Vous saurez qu'à présent on ne s'occupe
plus que de la philosophie de l'histoire. Dégageons
la philosophie des tournois. Pourquoi la principale
affaire d'une foule de braves gens était-elle de se
casser mutuellement la tête sans nul sujet ni profit?

— Pour faire montre de leur bravoure.

— Et pourquoi en faire montre?

— Eh! mais...

— Parce que la bravoure était alors à la mode.
Ne cherchez pas d'autre raison. Il y a eu des snobs
de tout temps. Pour nos ancêtres, le chic était de
faire les croisades, comme pour nos grands-papas
de chanter des romances, et pour nos papas de casser
des assiettes.

— Et le chic d'à présent?

— C'est d'être idiot, et nous avons aujourd'hui
une belle occasion de faire nos preuves, a-t-il répliqué tranquillement en se baissant pour vérifier la
solidité d'un des petits piquets enrubannés, plantés
sur la piste de distance en distance.

— Qu'il a d'esprit! » a soupiré la bonne Marie-
Louise, qui s'est aussitôt précipitée à quatre pattes
sur un autre piquet.

On ne pourra pas, du moins, accuser nos contemporains d'avoir visé trop haut ; mais je ne sais s'il ne vaut pas mieux restreindre ainsi son idéal, et ne pas se faire d'illusions sur soi ni sur les autres.

Je m'en étais fait jadis sur quelqu'un, et c'est très difficile d'en revenir, c'est très dur ! Il m'a fallu plus d'une leçon pour y arriver. Pourtant celle que je viens de recevoir suffira, j'espère.

Donc, l'éponge étant passée sur les derniers méfaits de Léon, j'avais cru devoir aller au-devant de lui quand il est arrivé cette après-midi, une bonne demi-heure avant les invités étrangers. J'étais un peu curieuse aussi de ce qu'il cachait dans le break dont, en descendant, il refermait les rideaux.

Chacun criait :

« Amène tes ouistitis ! »

Et lui, debout sur le marchepied, répondait mille balivernes, faisait un boniment, comme aux ménageries de la foire, si gaiement que nous riions sans nous arrêter, comme on ne rit pas, même des plaisanteries de M. Ogier, bien plus spirituelles pourtant.

Enfin, d'un grand geste dramatique, il a tiré les rideaux, et nous avons bien cru voir trois singes ; trois petits corps vêtus d'oripeaux, trois petites frimousses couvertes de poils.

« Allons, dansez, mes amours ! » a dit Léon en les mettant à terre.

Et les rires de repartir de plus belle, quand nous

« Allons, dansez, mes amours ! » a dit Léon en les mettant à terre.

avons reconnu Toto, Loulou et Zézette, que ce sot de Léon avait ainsi accoutrés.

C'était bête comme chou, mais drôle tout de même, surtout par la gravité fière qu'ils mettaient à soutenir leur personnage.

« Ça donne moins de peine de transformer les enfants en singes, que les singes en enfants, et ça flatte plus le sujet, » observait philosophiquement Léon, qui m'a eu l'air de tourner notre gymkana un peu en ridicule.

Je crois bien que M. Ogier n'était pas trop content. Dès le début, je me suis aperçue que tous deux ne sympathisaient guère, et, dans l'espoir qu'ils se comprendraient mieux, je les ai laissés en tête-à-tête pendant que j'allais m'habiller.

Marie-Louise était déjà depuis longtemps à sa toilette. Elle devient d'une coquetterie incroyable, et, quand nous nous sommes rencontrées en sortant de nos chambres, j'ai poussé un cri d'admiration qui a paru lui faire plaisir.

Malheureusement, elle n'a pas eu partout autant de succès.

Nous étions allés rejoindre ces messieurs dans la grande allée, et M. Ogier, qui veut bien donner son avis sur toutes choses, nous a toisées des pieds à la tête. Puis il a prononcé, en me lançant un coup d'œil d'intelligence :

« Paris ? »

J'ai baissé affirmativement la tête.

Ma robe vient bien de Paris.

« Et moi? a dit ma cousine anxieuse.

— Rouen! »

C'est vrai encore. Elle s'habille à Rouen, où ma tante trouve qu'on paye moins cher et qu'on a plus de falbalas pour son argent; mais la brève apostrophe de M. Ogier était significative, et peu s'en est fallu que la pauvre Marie–Louise ne fondît en larmes.

Pour l'achever, il a observé :

« Votre chapeau est trop en arrière! »

Elle l'a rabattu sur son nez avec un empressement touchant, tandis que Léon demandait :

« On s'occupe donc beaucoup de modes dans l'armée, monsieur de la Varaudière?

— Oui, dans la cavalerie, a-t-il répliqué sans sourciller. Dans l'infanterie, on n'y connaît rien.

— Eh bien! dans le civil, a repris Léon, de nos côtés du moins, on ne regarde pas la robe, on regarde la femme. »

Il a de ces boutades paysannes qui déconcertent les causeurs subtils, et j'ai été bien aise qu'on rappelât M. Ogier pour présider aux derniers préparatifs, où Marie-Louise est allée l'assister sans rancune. Je désirais aussi me trouver seule un instant avec Léon pour élucider une question importante.

« Eh bien! les Montivrier?

— Ils viendront, » m'a-t-il assuré sans hésiter.

J'ai eu un fameux poids de moins sur le cœur,
car je m'étais vantée devant grand'mère de ce petit
triomphe.

« Trois ou quatre cents francs me sont indispensables, tout de suite. »

Mais Léon restait sombre en mâchant un brin
d'herbe.

« Que ce jeune la Varaudière est agaçant! a-t-il
repris au bout d'une minute.

— Mais non. Il est très gentil, très moderne.

— Chacun son avis. Enfin il ne s'agit pas de lui.

Je te dis donc que je fais abouler les Montivrier.
Cela contente grand'mère?

— Assurément.

— Alors, puisqu'elle est contente... »

Il s'est ébroué. Puis, en haletant un peu :

« ... Est-ce que tu ne pourrais pas en profiter
pour lui demander encore quelque chose?

— Quoi donc?

— Eh!... comme l'autre jour!

— De l'argent! »

J'ai eu un coup plus fort que la première fois,
quand Léon m'a avoué ses dettes, plus fort que sur
le parvis de Saint-Denis, quand M. Arnaud m'a fait
sa déclaration, presque aussi fort que dans la chambre
de Valentine, quand j'ai cru que ma petite filleule
allait mourir. Quelqu'un mourait, en effet, mon plus
ancien ami, une de mes affections, une de mes
croyances.

Jusqu'à présent je pouvais ne taxer Léon que d'im-
prudence et de folie; mais ceci c'est de l'exploita-
tion, — de la carotte, pour appeler les vilaines
choses par leur vilain nom, — il n'y a plus moyen
de s'aveugler.

« Non, certes, ai-je dit vertement, je ne deman-
derai rien pour toi, plus rien, jamais, et moins que
jamais aujourd'hui, où grand'mère croit avoir reçu
une marque de déférence gratuite, où ta requête serait
une spéculation sur elle, sur moi, sur tes amis. »

J'étouffais, et lui-même a eu conscience de sa
bassesse.

« Voilà bien le chiendent! a-t-il grommelé. Ça
tombe mal aujourd'hui, ça aurait mauvaise apparence.

— Si ce n'était que l'apparence! »

Mais déjà sa perversité reprenait le dessus.

Il m'a roulé ses mêmes yeux hagards de l'autre
jour.

« Margot, je ne peux pas attendre à demain. Trois
ou quatre cents francs me sont indispensables tout
de suite, car il faut que je parte ce soir.

— Et pour où, mon Dieu! »

Il a regardé autour de lui, et, baissant la voix :

« C'est un secret. Je te le confie parce que tu es
incapable de moucharder. Je vais à Paris.

— A Paris,... toi! Qu'est-ce que tu peux bien
avoir à y faire?

— Ça, je ne peux pas le dire, même à toi; je
te le raconterai au retour, si l'affaire marche. »

Échappatoires que tout cela! Au retour, il pré-
tendra que « l'affaire » n'a pas marché, et il en sera
quitte.

Je n'ai pas voulu donner dans le panneau.

« Pars donc, ai-je dit avec indifférence; qui te
retient?

— Les trois cents francs, parbleu! J'ai essayé de
me les procurer. Chou-blanc partout. Il ne me reste

plus que grand'mère. Tu ne veux pas lui lâcher la chose?

— Non, mille fois non.

— Alors je vais tâcher de la harponner. »

C'est qu'il y allait. Jamais je ne l'aurais cru capable de pareille audace. A quel degré de surexcitation devait-il être parvenu!

J'ai couru après lui.

« N'y va pas. Elle serait révoltée, elle si désintéressée, si délicate! Et, ne pouvant croire que tu tiens d'elle de pareils instincts, elle mettrait encore tout sur le compte de ce pauvre grand-père, à qui tu fais déjà assez de tort. »

Cette considération l'a impressionnée, et, faisant volte-face :

« Si j'essayais plutôt de taper mon oncle l'abbé? »

L'abbé Jupin! la charité en personne, dont tout l'argent passe aux pauvres! Ce misérable Léon ne respecte même pas l'Église.

Je lui ai de nouveau barré le passage.

« Tu n'iras pas. Je préfère encore m'en mêler... »

Son endurcissement est tel, que mes mépris n'ont pas semblé l'atteindre.

Il a constaté paisiblement :

« Le mieux est que tu portes la parole. Je te le disais. Tu as un crachoir supérieur. »

Je me suis exaspérée.

« Il ne s'agit pas de mon crachoir. Pour l'honneur

de la famille, pour empêcher que tu n'occasionnes un scandale aujourd'hui, pour cet unique motif, entends-tu? je vais, moi, te donner de l'argent!

— Ah! pas de ça. »

Il devenait couleur de feu.

Mais je ne me suis pas arrêtée à le regarder ni à l'écouter. Je me sentais l'âme de grand'mère, ses belles indignations, son éloquence solennelle, son dédain superbe pour les vils intérêts, et je me suis mise à courir vers la maison, avec mes jambes à moi, par exemple, croisant en chemin M. Ogier, qui a paru ébahi de ma prestesse.

Je ne lui ai accordé aucune attention à lui non plus. J'avais le cœur trop gros. Je suis montée dans ma chambre, j'ai pris la bourse où je mets l'argent que grand-père me donne pour le jour de l'an et pour ma fête, et que je ne dépense jamais, parce que grand'mère paye tout ce que j'achète. Je ne sais pas au juste ce qu'il y avait, mais il devait bien y avoir quatre ou cinq cents francs, et je suis redescendue en courant de plus belle rejoindre Léon, qui m'attendait à la même place, près de la charmille.

En mon absence, ses mauvaises passions avaient dû revenir à l'assaut, étouffant le dernier reste de respect humain.

Le teint éclairci, souriant presque, toute honte bue, il a pris le porte-monnaie que je lui tendais, sans un mot, et il a eu encore le front de dire :

« J'accepte, Marguerite, parce que ce n'est pas
pour moi, et parce que, quand tu sauras, tu seras
contente d'avoir donné un coup de main. »

Je n'ai rien répondu. Il n'a pu croire, j'espère, que
ces palinodies m'abusaient, et quant à exprimer ce
que j'avais sur le cœur, c'était impossible un jour de
gymkana.

Justement la première voiturée d'invités arrivait.
Je n'ai eu que le temps d'aller les accueillir. C'étaient
les Chaulin, père, mère, enfants, institutrice, plus
une poule jaune et un mouton noir. Thérèse est arrivée
ensuite avec sa tante et un lapin, puis les jeunes
Bineau avec des chats.

Grand-père, grand'mère, les Rouennais, l'abbé
Jupin, oncle Raoul et tante Anna, se tenaient près
du buffet pour recevoir nos hôtes, et bientôt nous
avons formé un grand cercle. Tout le monde bavar-
dait, avec des « miaou », des « ouah-ouah », des
« cocorico » mêlés à la conversation. Puis le soleil
filtrant entre les arbres, passant au travers des ban-
deroles de couleur que M. Ogier avait accrochées d'une
branche à l'autre, faisait miroiter la nappe blanche,
les porcelaines et l'argenterie sur la table, les robes
claires se détachant dans la verdure comme de grosses
fleurs, les enfants qu'on avait amenés et qui couraient
comme des papillons roses ou bleus, tout cela formait
un tableau joli, vraiment, et très gai ; et je n'en étais
que plus furieuse de me sentir triste, triste à mourir.

Je m'efforçais de n'en rien montrer, d'autant plus qu'on m'observait beaucoup.

Naturellement, la présence de M. Ogier donne lieu à des commentaires. On voit un peu de quoi il retourne, et ni lui, ni mes grands-parents ne s'appliquent d'ailleurs à cacher leur jeu.

Ogier par-ci, mon cher enfant par-là : ne le dirait-on pas déjà de la famille? Et il prend ouvertement position auprès de moi; il me fait sa cour, oh! d'une drôle de façon, à la moderne, sans doute! Il me reprend, il me critique, il me taquine, il m'instruit. Son principal objectif semble être de me démontrer ma niaiserie, et la chance que j'aurais d'épouser un homme aussi avisé que lui.

Eh! mais, cela est peut-être? Assurément, M. Ogier ne se serait pas laissé entortiller comme moi par Léon; car enfin, d'une manière ou d'une autre, il avait tiré de moi ce qu'il voulait, le malandrin. Je n'ai eu qu'à voir la façon cynique dont il s'en gaudissait.

Il me laissait bien là, à présent, aux soins de M. Ogier, et il s'en allait, lui, de l'une à l'autre, riant, riant plus que de raison, comme s'il avait bu (désormais de quoi ne le soupçonnerai-je pas!); mais je crois que c'était le dépit qui le grisait.

Tout de même, je n'ai pas voulu être en reste, et j'ai ri autant que j'ai pu avec M. Ogier, avec mes amies, même avec M. Marchand, qui s'était installé sur une chaise haute comme une chaire, et qui nous priait, pour mieux goûter les jeux auxquels nous allions nous livrer, d'écouter quelques explications sur les jeux similaires de l'ancienne Grèce.

Ce début nous a épouvantés, et à qui mieux mieux, on a réclamé le commencement des exercices, ce à quoi grand'mère s'est opposée en alléguant :

« Nous ne sommes pas au complet, et je demande le quart d'heure de grâce pour ceux que je ne veux encore qualifier que de retardataires. »

C'étaient les Montivrier. Je les avais oubliés, mais pas de danger que grand'mère les oubliât. Et regardant sa petite montre plate, ornée d'un chiffre en diamant, elle a constaté qu'il leur restait un délai de cinq minutes. Immédiatement grand-père a soutenu que les cinq minutes étaient expirées, et a traité de vieille patraque la montre qui provient, je crois, de la corbeille la Varaudière, et, grand'mère s'indignant, l'oncle de Rouen a voulu trancher le différend :

« Consultez le chronomètre que j'ai donné à Léon. Léon, ton chronomètre! »

Il aime à ce qu'on fasse état de son cadeau, que la tante, bonne Normande, lui a tant de fois reproché.

Mais Léon prenait la tangente.

Tous les Jupin ont crié alors :

« Ton chronomètre! »

Cela devenait une affaire de famille, et Léon a bien été obligé de répondre :

« Je l'ai laissé à la maison. »

Oublié aujourd'hui, en réparation l'autre jour, le chronomètre dont il était si fier. Cela devient suspect.

J'ai cru comprendre, et l'indignation m'a emportée.

J'ai fait semblant d'aller chercher mon ombrelle, et, m'arrangeant pour passer près de Léon :

« Tu mens! lui ai-je dit avec fureur, mais très bas, pour sauvegarder notre honneur encore. Tu mens! Ton chronomètre n'est pas à la maison. »

Il ne s'est pas troublé. Déjà il a l'effronterie du vice.

« Mais si,… il est dans une maison… de la famille, chez ma tante. »

Se flatte-t-il que je ne comprenne pas son argot? Mon oncle de Rouen s'est vanté assez souvent d'avoir eu, lorsqu'il était étudiant, jusqu'à ses souliers « chez ma tante »; ce qui ne l'a pas empêché, ajoute-t-il agréablement, de faire son chemin et d'avoir du foin dans ses bottes. Mais que Léon en vienne à ces expédients, c'est abominable. Allons, voilà un garçon perdu.

Un peu plus, et j'éclatais. Mais une diversion s'est produite juste à temps.

« Les Montivrier! »

J'ai laissé là Léon. On a oublié le chronomètre et le reste, car les Montivrier détiennent le record de la curiosité. Personne, dans le pays, ne les con-

naît. Ils commencent leurs visites par grand'mère,
marque de déférence qui efface les omissions passées,
et elle s'est levée toute souriante à leur approche.

Par politesse, je suppose, ils avaient laissé leur
voiture à la barrière, et ils s'avançaient dans notre
allée de sapins. Quel joli couple! A les voir de près,
l'impression poétique qu'ils m'avaient laissée ne s'est
pas affaiblie, au contraire.

M. de Montivrier est charmant, grand, blond,
distingué, et sa femme est encore mieux que lui, si
jolie, si gracieuse! un petit profil de camée, qui
paraissait plus fin sous son grand chapeau, et un teint
délicat tout à fait en harmonie avec le bleu doux de
sa robe de mousseline. Elle a l'air presque d'une
jeune fille; à peine lève-t-elle les yeux, — des yeux
noirs superbes, à longs cils, — sauf pour regarder
son mari, et alors il y a un rayon qui éclaire toute
sa figure. Et dire qu'une personne douce et timide
à l'excès d'apparence s'est mariée sans le consentement de ses parents!

Ou bien est-ce le souvenir de cette faute qui pèse
sur elle et lui donne cette timidité?

Personne ici, heureusement, n'est au courant de
cette triste affaire, excepté M. Ogier, en sa qualité
de Parisien et d'homme du monde, et, quoique un
peu surpris de voir les Montivrier, que nous ne lui
avions pas annoncés pour ménager nos effets, il s'est
empressé d'aller les saluer.

Eux devaient éprouver quelque embarras de cette rencontre, car les grands cils de la jeune femme s'abaissaient, tandis que son mari s'efforçait, au contraire, de se montrer très cordial, très à son aise. Je parierais néanmoins qu'il n'a pas été fâché quand on a donné le signal des divertissements, et que l'attention générale a dévié encore en se portant sur nos élèves.

Ceux-là n'en ont pas été gênés, pas assez, car ils se sont permis de nombreuses incartades. M. Marchand a eu beau mettre ses lunettes, il n'a pu retrouver trace des jeux athéniens.

Les éducateurs n'avaient vraiment pas eu le temps nécessaire à leur tâche, et sauf mon chien, qui depuis longtemps savait monter la garde, faire le mort et autres gentillesses, les résultats ont été médiocres. Une tortue a couru assez bien, et le cochon d'Inde de M. Ogier a sauté les obstacles très drôlement. Mais le canard de la pauvre Marie-Louise a été déplorable. Impossible de le faire marcher. « Coin! coin! coin! » et puis il revenait sur ses pas, à la confusion de ma pauvre cousine.

N'importe, on s'est amusé. A un certain moment, chèvre, mouton, lapin, coq, tous les poils, toutes les plumes évoluaient pêle-mêle sur la piste, et, au travers, Loulou, Toto et Zezette, qui continuaient à prendre leurs singeries au sérieux.

C'était vraiment pittoresque;... non, le terme est

mal choisi, disons abracadabrant. Au lieu du Watteau de tout à l'heure, un Hogarth, une vision de cauchemar, une absurdité neuve et frappante, produisant cette sensation de jamais vu, la seule qu'on recherche encore, et nos bons Francs-Comtois en étaient ravis.

Moi je ne prenais plaisir à rien.

J'avais toujours dans l'oreille les paroles cyniques de Léon, et devant les yeux son attitude fausse et révoltante lorsqu'il a pris mon porte-monnaie. Je n'ai eu qu'un bon moment, pendant qu'on servait le goûter et que je causais avec Mme de Montivrier.

Elle et son mari étaient, avec M. de la Varaudière, tout au bout de la grande table, et ils m'ont fait signe qu'ils me gardaient une place.

Cette petite Yvonne doit sentir que je me rattache par grand'mère à l'élite sociale dont elle fait partie, et elle a probablement conscience de la sympathie qu'elle m'inspire; car, avec moi, elle n'est pas timide du tout.

Après les premiers propos échangés, d'une banalité obligatoire, elle m'a dit de sa voix douce, en ouvrant bien ses grands yeux :

« Savez-vous, mademoiselle Marguerite, que si nous sommes venus ici, malgré bien des empêchements, c'est en grande partie par le désir que j'avais de vous voir?

— Vous devez être plutôt désappointée, ai-je allégué modestement.

— Je ne pouvais pas l'être, car depuis longtemps je vous connais. »

Le cochon d'Inde de M. Ogier a sauté les obstacles très drôlement.

Elle pensait donc à moi comme je pensais à elle, et j'aurais voulu croire à un de ces mystérieux courants de sympathie qui unissent les âmes.

Mais l'explication a été beaucoup moins poétique.

« ... J'ai beaucoup entendu parler de vous par votre cousin Léon, et il m'assurait que nous sym-

pathiserions à première vue, que vous étiez un cœur
chaud, ce qui devient rare. »

Que sait-il de mon cœur, l'animal? En ai-je seulement un? C'est si démodé, et, en épousant M. Ogier,
il faut se défaire de tous les rossignols.

M. de Montivrier n'a pas exigé, paraît-il, cette
liquidation. Sa petite femme reste aveugle et confiante
comme une jeune fille, plus que certaine jeune fille.
Ne s'est-elle pas mise à vanter aussi le bon cœur
de Léon, sa fidélité à ses amis, et spécialement
à M. de Montivrier, qui ne l'avait guère revu depuis
le collège jusqu'au retour au Bréchard, et qui a
retrouvé en lui presque un frère? Elle s'attendrissait,
la pauvre petite! Son mari lui aura laissé ignorer
l'histoire des billets, et ce n'est pas moi qui la lui
raconterai. L'honneur de la famille s'y oppose toujours.

J'ai cependant voulu voir si elle était au fait des
agissements mystérieux de Léon, ce qui m'aurait un
peu rassurée, et j'ai dit indifféremment :

« Je crois que Léon va s'absenter?

— Oui, m'a-t-elle répondu avec sa belle confiance, il m'a dit qu'il passerait deux ou trois jours
chez ses amis du Nivernais. »

Ainsi il lui a menti. A elle ou à moi? A toutes les
deux probablement! Et le mauvais sujet a craint que
nous ne nous en apercevions, car il s'est rapproché
de nous d'un air inquiet. Trop tard, il l'aura deviné
au coup d'œil que je lui lançais.

J'ai eu cette dernière mansuétude de ne pas le dénoncer à Yvonne, qui, par bonheur, ne s'étendait pas davantage sur ses vertus.

Elle faisait l'éloge de grand'mère, si distinguée, si aimable, et de grand-père, qui a l'air si bon. Là elle disait juste, et elle avait bien saisi la nuance.

« Comme c'est touchant, cette célébration des noces d'or! a-t-elle remarqué en tournant machinalement vers son mari sa jolie figure rayonnante. Ce jour-là, mademoiselle Marguerite, avec tout le bonheur que j'ai, j'envierai celui de vos grands-parents. »

Ah! si elle savait!

Pourtant elle a plus d'expérience que moi, elle est mariée.

J'ai eu envie de la faire contribuer à mes études.

« Vous croyez donc, madame, ai-je demandé, que la lune de miel peut revenir? »

Ses grands yeux se sont ouverts.

« Mais la lune de miel ne se couche pas, elle dure aussi longtemps que la vie et au delà, il faut bien y compter! »

Je crois qu'elle s'abuse. N'importe, j'examinerai son cas; mais je n'ai pu la pousser davantage aujourd'hui. M. Ogier était trop près, causant avec Léon et M. de Montivrier.

Les autres ne s'occupaient plus de nous, ayant assez à faire avec le goûter ordonné par grand-père, et copieux par conséquent. Des corbeilles de fruits, des pyramides de gâteaux, des mosaïques de petits fours, sans compter les rafraîchissements. Grand'-mère elle-même trônait d'un air satisfait, tandis que sautaient les bouchons de champagne.

C'est juste à ce moment que l'accident est arrivé.

Car nous avons eu un accident sérieux. Nous avons tout bonnement couru risque de la vie. Je ne peux comprendre comment je n'ai pas été plus émotionnée.

Notre groupe se trouvait donc un peu à l'écart, tout contre la table, que la plupart des convives venaient de quitter. Nous nous étions levés aussi, mais nous restions à causer debout, trop occupés pour faire attention à ce qui se passait autour de nous. J'ai cependant bien entendu crier dans le lointain; mais il y avait tant de monde, tant d'enfants, tant d'animaux, que je n'ai rien pressenti d'anormal.

Tout à coup Léon s'est retourné d'un mouvement brusque, et il a crié à son tour :

« Gare à vous! Le taureau! »

En même temps je me suis sentie empoignée, poussée, et j'ai vu le taureau de la ferme, le gros, qui est si méchant et qui a un anneau dans le nez, à quatre pas de nous, et Léon entre le taureau et moi.

Derrière, le vacher, les gens de la ferme couraient avec des bâtons; mais ils étaient trop loin, et, adossés à la table, nous ne pouvions reculer.

Il avait attrapé une nappe, et la jetait sur la tête du taureau.

J'ai bien cru que nous étions perdus, et c'est singulier ce qui, en pareille circonstance, tient dans
l'espace de quelques secondes. Une voix en moi
a dit : « Adieu, la vie. » Et une autre a répondu :
« Tant pis, ce n'est pas grand'chose. » Vraiment,
je ne me serais pas auparavant crue si brave. Les
grandes cornes devant moi pourtant me faisaient
peur. J'ai fermé les yeux pour ne plus les voir, et
j'ai dit : « Mon Dieu ! »

Puis, ne sentant rien, j'ai regardé, et j'ai vu une
drôle de chose. Léon était toujours devant moi, et
M. de Montivrier devant sa femme ; mais M. Ogier
avait glissé par côté. Il avait attrapé une nappe de
rechange restée au coin de la table. Comment la
voyait-il seulement ? et, dépliée, il la jetait sur les
grandes cornes, sur la tête du taureau, qui s'arrêtait
étonné, qui se démenait sous son capuchon blanc,
qui reculait d'un pas.

C'était assez. Nous avions la place et le temps de
passer. Nous étions sauvés !

Les gens de la ferme arrivaient, cognaient, jetaient
une corde dans les jambes, en passaient une autre
dans l'anneau du nez. L'ennemi, si menaçant tout
à l'heure, était vaincu, annihilé, presque ridicule
avec les lambeaux de toile qui se balançaient encore
au bout de ses cornes.

Nous, les quasi-victimes, nous retenions un peu
de notre prestige. Grand'mère m'a tendu les bras ;

grand-père est arrivé, — un peu plus tard, parce
qu'il s'était enfui un peu plus loin. En sa qualité
d'ancien magistrat, il ne se pique pas de bravoure.
Tout le monde nous entourait, et Marie-Louise versait un flot de larmes : le bouillon qui chauffait
depuis ce matin !

On nous a offert de nous évanouir, à Yvonne et
à moi ; mais nous avons tenu ferme, quoique elle,
la pauvre petite, tremblât comme une feuille. Elle
avait eu bien plus peur que moi. Serait-ce qu'elle
avait davantage à perdre avec la vie ? Et son mari
aussi était pâle, autant que Léon était rouge.

Le plus crâne incontestablement, ç'a été M. Ogier.

Pas un changement de couleur ni de physionomie,
et, loin de tirer vanité de l'inspiration géniale qui
venait de nous sauver la vie, il s'appliquait à ravaler
son exploit, il en plaisantait, se traitant de mauvais
écarteur, et réclamant pour son taureau le prix de la
gymkana.

Puis, comme il ne pouvait empêcher qu'on admi-
rât son magnifique sang-froid :

« Bast ! a-t-il dit, puisqu'on sait qu'on doit finir
tôt ou tard, pourquoi se troublerait-on quand le
moment arrive ? »

Cette réponse a paru sublime, et il n'y avait que
Léon pour se permettre de remarquer :

« N'empêche qu'on n'aime pas à voir arriver ce
moment pour ceux à qui on tient. »

Il y a du vrai. Les hommes ne sont obligés à être tout à fait intrépides que lorsqu'ils sont seuls, et M. de Montivrier pouvait bien se troubler un peu en voyant les cornes du taureau si près de sa petite Yvonne.

M. Ogier ne s'est pas troublé pour moi… Il a fait mieux, évidemment, au point de vue pratique. Grand'mère lui a tendu les bras en déclarant qu'elle lui devait ma vie, ce qui n'est pas rigoureusement exact. Avant moi, le taureau avait encore à embrocher Léon, qui offre une certaine résistance.

Mais personne n'y a songé. M. Ogier absorbait tous les enthousiasmes. Grand-père l'a appelé « mon cher garçon », le *nec plus ultra* de l'expansion affectueuse chez lui. Je ne sais si M. Ogier en a été très flatté, et, pour sûr, il aura goûté moins encore le compliment de M. Marchand, rappelant l'anecdote du taureau de Pépin le Bref. Le fait est que M. Ogier n'a que juste, bien juste, la taille de la cavalerie, ce qui lui nuit un peu, bien que Marie-Louise soutienne qu'un homme plus grand a l'air d'un portefaix.

M. de Montivrier, qui est presque aussi grand que Léon, n'a pourtant pas l'air d'un portefaix, que je sache.

Sa femme et lui sont partis des premiers, pour se remettre de leurs émotions, et, en me quittant, Yvonne m'a embrassée. Nous nous appelions déjà par nos noms; car vraiment, après avoir failli faire

partie de la même brochette, on ne se considère plus
comme des étrangers, et les Montivrier ont promis
de revenir samedi assister à la messe des noces
d'or.

Qui sait si Léon y sera seulement! Il a filé en tapi-
nois, et, en calculant les heures, je me suis rendu
compte qu'il arriverait à la gare pour le train de
Paris. Oncle Raoul et tante Anna ont avalé, eux
aussi, l'histoire du voyage en Nivernais. Je suis seule
à savoir la vérité qui me pèse, et ce poids a semblé
s'alourdir à mesure que le vide se faisait autour de
nous et que le soleil baissait.

Après dîner, sur la terrasse, nous nous sommes
trouvés réduits à notre plus simple expression. Les
Rouennais craignent l'air du soir, mon oncle l'abbé
disait son bréviaire, et, pendant que grand-père faisait son somme dans la rocking-chair, et que grand'-
mère contemplait les étoiles, j'ai causé avec M. Ogier.

Lorsqu'on veut faire choisir un objet, on prie le
marchand d'étaler son fond de boutique. Lorsqu'il
s'agit d'un mari, c'est dans la conversation que se
fait le déplié. On examine les idées, on soupèse les
paroles, on s'assure tant bien que mal de la qualité
de l'article, et on achète... à perte, hélas! bien souvent.

M. Ogier ne sera toujours pas accusé d'avoir trop
paré la marchandise, il ne la pare plutôt pas assez.
Je connais à fond ses théories, à lui, sur le mariage,

qu'il a bien voulu m'exposer de la meilleure foi,
sinon de la meilleure grâce, possible.

C'est venu à propos des Montivrier, qui, on ne
sait comment, se retrouvent toujours sur le tapis
dans les phases solennelles de mon existence ; à
croire qu'ils sont destinés à y jouer un rôle.

On avait repassé les incidents de la journée, dont
grand'mère a été contente, somme toute. Jusqu'à
l'aventure du taureau qui, les conséquences fâcheuses
évitées, donne du relief. On en venait aux toilettes,
et, toute à la bienveillance depuis que le protocole
est satisfait, grand'mère a prononcé :

« La jeune marquise de Montivrier était mise à
ravir.

— Peuh ! a dit M. Ogier, repris de son tic, une
robe de l'année dernière. Je ne m'y trompe pas.
Il n'y avait qu'à voir les manches. Une de ses robes
de jeune fille. L'oncle aura gardé la corbeille, comme
la belle-mère a retenu le trousseau.

— Hein ! a fait grand'mère, aussi éberluée que
si on lui eût parlé hébreu.

— Vous savez bien l'anecdote au sujet de leur
mariage ?

— Je l'ignore absolument. »

Grand'mère n'était pas au fait des racontars de
M. Arnaud, et, ne jugeant pas séant de me montrer
mieux instruite, j'ai laissé M. Ogier nous rééditer
l'histoire dans son style, et bien au complet cette fois.

« Oh! c'est tout ce qu'il y a de plus cocasse!
Donc M. de Chambert, le père de Mme de Montivrier, s'était remarié il y a quelques années, et,
comme il était déjà un peu ramolli, il avait épousé
une vieille Anglaise un peu folle, mais d'une folie
d'apparence assez inoffensive. Elle s'adonne au spiritisme, et ses communications avec le monde invisible s'accomplissent au moyen d'un pilon s'ébattant
dans un chaudron de cuivre, et dont les mouvements
variés répondent à un certain vocabulaire. Générale-
ment c'est l'esprit de lord Palmerstone qui fait
manœuvrer le pilon, et, dans les conjonctures graves,
Mme de Chambert s'adresse naturellement à ce
conseiller éclairé. Lord Palmerstone aura dû se montrer favorable au mariage Montivrier, car elle n'y a
fait aucune objection. La demande est accueillie, le
contrat réglé, la bague donnée, les fiançailles sont
rendues officielles, et, naturellement, les deux familles,
bientôt unies, commencent à jouir des douceurs de
l'intimité. Chaque soir, l'oncle de M. de Montivrier
accompagnait son neveu chez les Chambert. Vous
connaissez l'oncle Montivrier?

— Je l'ai vu dans sa jeunesse, une fois à Paris,
une fois au Bréchard, a précisé grand'mère, douée
d'une mémoire impitoyable. Il fréquentait peu sa
famille, quoiqu'il n'eût pas d'autre lien. Un vieux
garçon d'un caractère excentrique et qui avait l'oreille
un peu dure, autant qu'il m'en souvient.

— A présent, il est sourd comme un pot, et ses
autres qualités aimables se sont de même dévelop-
pées avec l'âge, a constaté M. Ogier. On était cependant parvenu à le rallier, lui aussi, à ce mariage, et
à obtenir qu'il assurât par contrat une fort belle
rente à son neveu, qui n'a point de fortune personnelle, mais qui est son seul héritier. Le père Chambert, pris d'émulation, donnait une jolie dot à sa fille,
et tout marchait sur des roulettes, quand le chaudron
en a fait des siennes !

— Le chaudron ? » a répété grand'mère.

M. Ogier s'égayait.

« ... Un soir, la semaine précédant celle où le
mariage devait avoir lieu, je ne sais qui a eu la
malencontreuse idée de parler spiritisme. Aussitôt
la belle-mère Chambert de s'exalter, de partir sur
lord Palmerstone, tant et si bien qu'en dépit de
sa surdité, l'oncle Montivrier finit par être initié
à la discussion, et, comme la crédulité n'est pas
précisément son fait, il se permet quelques réflexions
sceptiques, mais courtoises, car il est tout à fait
talon rouge ; d'où recrudescence d'exaltation chez
l'Anglaise, qui veut absolument faire un prosélyte.
Elle lui offre d'assister à une expérience convain-
cante, ce qu'il accepte ; et on se rend aussitôt dans
le sanctuaire où le chaudron sacré occupe la place
d'honneur. Justement lord Palmerstone est en veine.
Le pilon s'agite : « tap, tap, tap, » la séance est

15

ouverte. On compte les coups qui répondent aux lettres de l'alphabet, et l'Anglaise transcrit à mesure, dans un cahier *ad hoc*, qui contient des trésors de révélations sur la politique et les temps futurs.

« — Qu'est-ce qu'il dit? » demande au bout d'un moment l'oncle Montivrier, n'entendant rien et commençant à s'ennuyer.

« On ne lui répond pas; les figures s'allongent, il n'y a que l'Anglaise qui gribouille toujours avec fureur, et l'oncle est pris de méfiance.

« Subrepticement il se lève et va jeter un coup d'œil sur le fameux cahier.

« Or l'esprit n'avait été rien moins qu'aimable à son égard. Après avoir fort malmené cet intrus, il conseillait néanmoins à ses adeptes de garder quelques ménagements envers lui, d'autant plus que la patience ne serait pas longue, « le vieillard devant mourir dans les trois mois. »

« Tête de l'oncle Montivrier, qui essaye néanmoins encore de tourner la chose en plaisanterie; mais l'Anglaise prend feu. Elle entend qu'on se soumette à l'oracle, si inexorable soit-il. Malgré toute sa politesse, le condamné se rebiffe. Là-dessus, une scène épouvantable. L'oncle Montivrier prend son chapeau, salue, s'en va, et, rentré chez lui, il n'a pas plus pressé que de tailler sa plume et d'écrire au père Chambert une lettre très raide, exigeant qu'on lui fît des excuses ou qu'on lui rendît sa parole. L'An-

glaise refuse de désavouer l'esprit, l'oncle s'en tient
à son ultimatum. Tout est rompu, mon gendre! Mais
les jeunes gens qui devaient s'épouser dans huit
jours ne trouvent pas, eux, de motifs de rompre,
et, les parents retirant leur consentement, ils ont
passé outre.

— Et bien ils ont fait! s'est écriée grand'mère
entraînée. Briser leur vie pour des bêtises pareilles!

— Ils ont fait une folie, a rectifié M. Ogier avec
son beau calme. L'amour-propre des parents étant
désormais de tout retirer, la rente y a passé, puis
la dot, jusqu'à la corbeille et au trousseau, comme
je vous le disais. En a-t-on ri!

— Mais je ne trouve pas cela risible, a poursuivi
grand'mère. Que reste-t-il à ces pauvres enfants? »

M. Ogier a pris l'air discret.

« Un petit héritage de la mère de Mme de Montivrier, je pense..., quelques bribes de patrimoine...,
pas grand'chose...; en tout cas, pas de quoi vivre,
étant donnés leur rang et leurs habitudes. Vous
m'accordez, n'est-ce pas? qu'il faut être fou pour se
mettre dans des situations pareilles!

— Voilà donc ce qui les empêchait d'entamer les
relations de voisinage! » a murmuré grand'mère.

Elle balançait entre le décorum de l'existence,
auquel elle tient tant, et celui des sentiments, dont
elle ne peut faire litière.

Je suis intervenue.

« Ce n'est pas une folie, quand on s'aime, de se marier !

— Et après ? »

M. Ogier se retournait vers moi, comme lorsqu'il lance un de ces mots qui doivent vous coller.

Je ne me suis pas laissé coller.

« Après ?

— Oui, après le mariage, quand on n'a que son amour pour subsister ?

— L'argent ne fait pas le bonheur, monsieur Ogier.

— Vérité connue et incontestable. Eût-on des millions, on peut être très malheureux.

— Vous voyez bien.

— Mais on est sûr de l'être lorsqu'on n'a pas le sou ! »

Je ne distinguais pas la physionomie de M. Ogier dans l'obscurité ; mais, d'après son ton, je la devinais toujours calme, légèrement ironique.

Je me suis exaspérée.

« Alors, monsieur Ogier, vous ne vous seriez pas laissé entraîner à cette extravagance d'épouser une jeune fille sans dot ?

— Non, mademoiselle. »

Il a eu le toupet de me répondre cela, à moi !

Grand'mère a fait un « hum ! » plutôt désapprobatif, et mon irritation était telle, que je n'ai plus hésité à me lancer :

« Même si vous l'aimiez, monsieur Ogier ?

— Raison de plus, si je l'aimais, pour me sacrifier, plutôt que de gâcher son existence. »

Voilà bien sa façon de se retourner dans les passes difficiles, de manière à ne jamais tomber dans l'odieux.

J'ai voulu l'acculer aux dernières limites.

« Enfin qu'auriez-vous fait à la place de M. de Montivrier ?

— Je me serais cru obligé, avec un regret profond, de céder cette place à un prétendant plus heureux, qui ne contraindrait pas aujourd'hui une jolie et charmante femme à porter des robes de l'année dernière et à habiter une masure perdue dans un fond de campagne.

— Le pays est très joli, a grommelé grand-père, se réveillant à moitié.

— Très joli,... quand on le regarde des fenêtres d'une belle maison, ou qu'on le parcourt dans une bonne voiture... »

Ma parole ! il lançait un coup d'œil à la façade du château, puis aux écuries.

Ce cynisme m'a outrée :

« Encore une considération, monsieur Ogier. Si la jeune fille avait la faiblesse de tenir à vous plus qu'aux robes, aux maisons, aux voitures ?

— J'aurais le triste devoir de lui démontrer que certains sacrifices sont impossibles.

— Cependant il y a eu de tout temps des mariages d'inclination.

— Mais, de notre temps, ces mariages sans fortune ne peuvent plus réussir.

— La raison?

— Le changement des cours sur le marché social. La valeur de l'argent a atteint de nos jours un taux encore inconnu jusque-là, et les autres valeurs baissent en proportion. La naissance, le mérite, voire l'honorabilité tombant à rien, la fortune demeure la seule supériorité réelle, et, du même coup, la pauvreté devient le plus grand des malheurs et des abaissements.

— Vous ne me ferez pas admettre que l'honneur et le bonheur varient suivant les époques.

— Excusez-moi, mademoiselle. »

La lune se levait. Un rayon blanc a passé sur M. Ogier, qui m'est apparu aussi pâle que ses frères, et j'ai songé à eux tandis qu'il reprenait :

« On ne brave jamais impunément l'opinion. Fût-on sublime, que si l'on se trouve seul à l'être, on devient malavisé ou ridicule. Soi-même on s'en rend compte, et, pour revenir à l'exemple que vous citiez, voyez les Montivrier! Comment seraient-ils heureux, dans leur situation, gênés, honteux, n'osant paraître? Croyez qu'ils regrettent déjà leur folie.

— Je ne le crois pas du tout.

— Si cela n'est pas encore, cela sera forcément, et, dans l'intérêt l'un de l'autre, mieux leur aurait valu

renoncer à temps à un bonheur impossible et satisfaire
aux exigences de l'époque.

— Qui sont...?

« Il y a cependant encore de grands cœurs, » ai-je dit faiblement.

— De s'assurer avant tout un sort convenable. Et
les plus habiles sont ceux qui savent concilier le
plus de choses. On peut s'attacher très sincèrement
à un jeune homme qui est un bon parti ou à une
jeune fille bien dotée.

— Faire passer le sentiment en seconde ligne, c'est le mettre bien bas !

— Il y est, hélas ! mademoiselle ; nous n'y pouvons rien, et ceux qui voudraient raffiner par le temps qui court risqueraient fort que personne ne comprît leurs délicatesses, sauf pour en abuser.

— Il y a cependant encore de grands cœurs, ai-je dit faiblement.

— Il n'y en a plus guère. »

Je pensais à beaucoup de déceptions que j'ai éprouvées, et peu à peu je me laissais gagner par la philosophie morose de M. Ogier.

« Voulez-vous, continuait-il, mesurer d'un mot l'abaissement progressif du niveau moral ? Pour désigner la fleur des honnêtes gens, autrefois, jusqu'à Louis-Philippe, on a dit « un gentilhomme ». Sous l'empire, « un galant homme ; » depuis la république, on dit « un gentleman », et naturellement, avec le titre, les devoirs de la charge se sont modifiés.

— Ah ! ai-je soupiré, un gentilhomme, c'est beau ! C'était joli, un galant homme !

— Mais c'est vieux, mais c'est mort. Vous-même, vous n'y croiriez plus. »

J'ai revu encore l'hôtel de la Varaudière, et je n'ai osé contester. Moi-même je les ai raillées, ces vieilles traditions que M. Gaétan et M. Arnaud représentaient si mal. M. Ogier, au contraire, représente bien notre

médiocre idéal moderne, et je ne puis rien exiger de
plus, pour être logique.

Grand'mère s'endormait un peu à son tour.

J'ai murmuré :

« Alors vous, monsieur Ogier, vous vous contentez
d'être un gentleman.

— Il le faut bien, puisqu'on ne peut réagir contre
son temps. »

Pour la première fois, j'ai surpris une nuance de
regret dans sa voix, et un peu de vivacité dans son
accent, lorsqu'il a repris :

« Mais le gentleman a encore sa valeur, qu'on
appréciera peut-être un jour, quand l'espèce en disparaîtra, car elle disparaîtra à son tour. C'est un honnête homme, un homme sincère, qui se ferait scrupule de dissimuler ses ambitions, de poétiser ses
faiblesses, ou de cacher ses lacunes. Je serais fâché
d'être pris pour un troubadour; mais je crois qu'en
taillant avec un peu d'adresse, on trouverait en moi
l'étoffe d'un bon mari.

— Cela se peut bien, monsieur Ogier! »

Honnête et sincère. On n'en peut dire autant de
tout le monde. M. Ogier vient de me prouver sa
loyauté aussi indéniablement que tout à l'heure son
courage.

Pourquoi n'en suis-je pas plus touchée?

Le sentiment est chose morte, c'est vrai, je l'éprouve
par moi-même. Décidément, je suis une moderne, et

il ne me reste qu'à agir en conséquence. Voici un moderne qui fait on ne peut mieux mon affaire, et, l'usufruit aidant, qu'est-ce qui nous empêchera d'être heureux à la mode d'à présent?

Néanmoins ma gorge se serrait comme mon cœur, et M. Ogier n'a pas insisté pour m'arracher des paroles plus catégoriques. Rien ne le presse, et, grand-père et grand'mère dormant tout à fait, nous sommes restés silencieux, accoudés aux balustres de la terrasse.

La lune s'était levée, mais voilée, mais blafarde, sans éclat ni mystère, sans poésie : une lune bien faite pour éclairer deux amoureux de notre espèce.

Ah! mon Dieu! pourvu qu'avec tous nos beaux calculs, nous ne tombions pas encore sur une lune rousse!

XVI

4 juillet.

Plus que vingt-quatre heures!

Si demain soir grand-père et grand'mère ne se sont pas jetés dans les bras l'un de l'autre, aucun espoir ne me reste, aucune chance de raccommoder leur ménage, ni par conséquent de fonder le mien.

Et nous n'avons pas fait le moindre pas aujourd'hui, non, malgré une vigoureuse poussée. Faut-il cependant qu'ils aient l'âme dure! La mienne est toute bouleversée. Je subis encore une de ces surprises de mon double atavisme, et me revoilà aux prises avec les instincts jupiniens.

J'avais bien réagi cependant. Durant toute la journée d'hier, je me suis montrée correcte, élégante, spirituelle, avec une pointe de scepticisme, enfin la contre-partie féminine de M. Ogier, qui a dû bien augurer de cette transformation, et nous

nous sommes efforcés de flirter, tout en présidant
à l'exposition des cadeaux, à la décoration de la
chapelle, et aux guirlandes qui courront sur la table
de la salle à manger. Nous avions toute latitude, car
mon oncle l'abbé piochait son sermon dans la bibliothèque, en poussant de gros soupirs qu'on entendait
à travers la cloison, et les Rouennais restaient dans
leur coin, très grognons, avec Marie-Louise qui se
plaignait de la tête. Une atmosphère excitante régnait
par toute la maison, faite moitié des vieux souvenirs
réveillés, moitié d'événements nouveaux qu'on croyait
voir poindre à l'horizon, — de mon côté et de celui
de M. Ogier, bien entendu, — et je n'étais pas bien
éloignée de croire aussi que nous ferions affaire
ensemble, puisque je ne devais pas pouvoir trouver
mieux ailleurs !

Valentine, faisant une apparition pour annoncer
que tous les enfants seraient en état de comparaître
demain, n'a pas manqué de me questionner :

« Voyons, te décides-tu ?

— Je n'en sais rien.

— Mais tu dois bien savoir si tu aimes le jeune
la Varaudière ? »

Comme elle y allait, la brave femme !

Je me suis efforcée de la remettre au point.

« Ma chère, on ne s'occupe plus de cela !

— Ah ! Et de quoi donc, alors ?

— De s'assurer mutuellement un sort convenable. »

Elle n'y est pas allée par quatre chemins, Valentine. Elle est horriblement terre à terre.

« Eh bien! ma petite, écoute-moi. Si tu n'aimes

Mon oncle piochait son sermon dans la bibliothèque.

pas ton mari, je te défie d'élever sept enfants de bonne humeur comme je l'ai fait, comme ce doit être l'honneur et la joie de toute femme de le faire. Là-dessus, bonsoir! Léon n'y est pas, et je suis inquiète de ma marmaille. »

Elle m'a plantée là, un peu penaude, et je devais avoir encore d'autres secousses.

Dans la journée, on a apporté de la part des Montivrier un magnifique myrte, la plante symbolique des amoureux, avec ces mots sur une carte : *Semper virens*.

Toujours vert! L'idée est d'Yvonne, comme l'écriture. Encore une qui croit au sentiment. Avec Valentine, cela fait deux arriérées.

C'était joli cependant cet hommage rapprochant les tout jeunes mariés des vieux époux, et, je ne sais pourquoi, cela m'a donné envie de pleurer. Grand-père a remarqué plaisamment qu'avec le temps les myrtes finissaient par avoir des épines, ce à quoi grand'mère a répliqué que cela dépendait de l'espèce, et ils se sont encore chamaillés fortement.

A propos d'un myrte! la veille de leur cinquantaine! c'est désespérant! Et j'étais si nerveuse, que les larmes me sont montées aux yeux.

Pour rien au monde je n'aurais voulu que M. Ogier les vît; il n'aurait pas compris, et lui, qui n'est pas mystique, il n'admettrait jamais mon vœu et l'importance superstitieuse que j'attache à la journée de demain.

Je me suis sauvée dans l'allée des sapins, où l'on ne passe guère.

L'heure s'avançait, et l'ombre est si épaisse, que là le soir commençait déjà, quand le jardin était

encore plein de soleil. Cela m'a reposée. J'ai marché
un moment, sans penser à rien, et, au bout de l'allée,
j'ai tourné inconsciemment du côté du pavillon de
M. Marchand.

Certes, je n'éprouvais nul désir de rencontrer
notre voisin, lequel d'ailleurs se tient soigneusement
à l'écart, depuis que M. Ogier s'amuse à lui monter
de formidables bateaux et à le rendre grotesque,
même aux yeux des petits Jupin-Jupin, qui écou-
taient encore un peu ses leçons. Personne n'en veut
plus, et le pauvre homme ferme boutique, ayant
perdu son dernier client avec Léon.

Voilà encore quelqu'un à qui Léon manque, depuis
deux jours seulement qu'il nous a quittés. Il n'était
donc pas si bon à rien qu'on se plaisait à le dire.
Et, quand je me suis arrêtée, près du pavillon, je
me suis aperçue que c'était à Léon que je pensais.

Le dernier train de Paris arrive à trois heures
à la station, et, s'il l'avait pris, il aurait eu dix fois
le temps d'être ici, car j'étais sûre qu'il viendrait
ici tout droit. Donc il ne l'avait pas pris, il ne serait
pas là demain matin. Lui seul manquerait au cortège.
Il me semblait que cette abstention le mettrait défi-
nitivement à l'index de la famille, et, inconsciemment toujours, je suis allée jusqu'à l'entrée du
parc; sur le chemin, j'ai regardé un peu si personne ne venait.

Tiens! une réminiscence! Cette première vision

que j'avais eue des Montivrier, lorsque, eux aussi,
de la barrière de leur jardin, épiaient l'arrivée de
quelqu'un, de la même personne que j'attendais
à mon tour.

Eux aussi avaient cru à l'amitié désintéressée de
Léon. Et je repensais à l'histoire des billets qu'il
avait fait endosser par M. de Montivrier. Je m'expli-
quais son angoisse à l'idée d'occasionner, non plus
un ennui à un ami riche, mais un désastre peut-être
à un ami gêné, et je m'indignais, je m'indignais. Je
lui disais en moi-même : « Justifie-toi donc à présent, si tu peux ! » lorsque, comme pour répondre
à cette citation, au tournant de la route, une grande
silhouette noire a paru, enveloppée de poussière.

Quoique j'aie la vue un peu basse, je ne m'y suis
pas trompée. C'était Léon. Et il m'avait aperçue et
reconnue aussi. Il me faisait signe de l'attendre.

Je l'ai attendu, par pure curiosité, et, à mesure
qu'il approchait, son allure me semblait bien déci-
dée, sa figure bien épanouie. Il m'adressait de grands
gestes, que je ne comprenais pas.

Alors j'ai eu la première intuition vague d'une
bonne nouvelle.

Si pourtant le prétexte donné l'autre jour eût été
une raison ? Si c'était vraiment une affaire qui l'avait
appelé à Paris ? Si, par hasard, cette affaire avait
bien tourné ?

Un grand signe encore. Trois ou quatre grandes

enjambées, et il était là, avec sa bonne grosse mine
réjouie d'autrefois, et rouge, et poussiéreux, et
content...

« Ah! Margot, Margot! »

Il m'avait pris la main, il la secouait, il avait l'air
de ne pas pouvoir dire quelque chose qui l'étouffait.

Prudemment, dans l'expectative, j'ai conservé
mon attitude sévère, en remarquant :

« Qu'as-tu donc? Tu es enroué. Ton voyage ne
t'a pas réussi?

— Que si qu'il m'a réussi! Ne fais pas attention
à ma voix. C'est le sourd!... »

Il a dû s'arrêter. L'organe sonore des Jupin refu-
sait service; accident jusqu'alors inconnu.

« Quel sourd? » ai-je demandé avec stupeur.

Il m'a répondu tout bas :

« L'oncle Montivrier. Ah! la chienne d'oreille!
Et le cœur presque aussi dur! Mais il a beau être
coriace, je l'ai entamé, le vieux. »

Il prenait un air féroce d'anthropophage que je
considérais avec une stupeur croissante.

Puis, comme je n'aime pas qu'on se moque de
moi :

« Aie l'obligeance de t'expliquer, » ai-je requis.

Il s'est décidé :

« Ma foi, tu as le droit de savoir le résultat de
l'affaire, puisque tu as voulu en être. Et d'ailleurs,
te voilà l'amie de Mme de Montivrier; je sais ça, j'ai

16

passé par le Bréchard, c'est même ce qui m'a retardé.
Eh bien! le vieil ours d'oncle a mis les pouces. Je
pensais bien qu'on aurait raison de lui, plutôt encore
que de la belle-mère. Le tout était de le tenir entre
quatre-z-yeux. »

La moitié des mots se perdait dans son enrouement. Sa modestie achevait de l'étouffer.

Jamais je ne m'y serais débrouillée, si le récit de
M. Ogier ne m'eût mise au courant.

« C'est pour voir l'oncle Montivrier que tu es allé
à Paris ? »

Des horizons nouveaux s'entr'ouvraient.

« Parbleu! a affirmé Léon, crois-tu que ce soit
pour me balader! »

Je réfléchissais. Les horizons s'étendaient, s'éclai-
raient :

« Tu es allé lui parler de tes amis ?

— Et de quoi est-ce que je lui aurais parlé à cette
vieille mule ?

— Il était brouillé avec eux.

— Oui. Des âneries! Je vais te raconter...

— Oh! je sais. Le chaudron, la dot, la corbeille...
Passe... »

Nous nous mettions à marcher vers la maison.
En marchant, on raconte mieux. J'ai indiqué à
Léon :

« Nous en sommes après le mariage, quand les terribles parents avaient presque tout retiré.

— Presque tout ?... tu es bonne ! Tout ratiboisé,
pas laissé un radis ! »

Je suis petite - fille de magistrat, et j'ai l'esprit
précis.

« Il y avait toujours la fortune personnelle de ton
ami.

— Lui ! Son père est mort ruiné, lui laissant en
tout la maison du Bréchard. Ah ! la sale boîte !

— ... Et l'héritage de la mère de Mme de Montivrier ?

— Elle ! tu crois qu'elle l'a revendiqué ? Passer
sur le consentement de ses parents pour tenir parole
à quelqu'un qu'on aime, c'est déjà raide. Mais leur
envoyer du papier timbré pour de gros sous, ce serait
infect. Il n'y avait qu'à attendre le bon plaisir de ces
vieux enragés. Seulement, l'attente devenant difficile, nous avons dû presser les choses. »

M. Ogier avait commencé à jeter une lumière inattendue et discrète sur la situation des Montivrier.
Léon achevait de la dévoiler, et, ce qu'il laissait dans
l'ombre, je croyais le deviner, non plus la gêne,
mais la misère. Les pauvres petits !

« Et comment ont-ils attendu, pendant ces six
mois ? »

Ce n'était plus d'eux seuls que je me préoccu-
pais. Le voyage à Paris et l'emprunt de Léon jus-
tifiés, est-ce que d'autres choses ne s'éclairciraient
pas encore ? Et, comme Léon ne répondait pas :

« Comment ont-ils attendu? ai-je répété avec
l'autorité d'un juge d'instruction. Tu dis qu'il ne
leur restait rien?

— On a toujours un peu d'argent de poche. »

Il s'embarrassait Je l'ai poussé.

« L'argent de poche ne suffit pas à un ménage
pendant six mois. M. et Mme de Montivrier ont eu
besoin d'assistance. Qui leur en a donné?

— On a toujours d'anciens amis. »

Tout en causant, nous étions rentrés. J'ai arrêté
Léon dans le salon, où il n'y avait personne, et, le
regardant bien en face :

« Quels anciens amis avaient-ils donc? »

Son enrouement augmentait, et, sa réponse ne
m'arrivant pas, j'ai répondu pour lui :

« Ils ne voyaient que toi depuis qu'ils sont ici.
Toi seul tu ne les as pas abandonnés. Tu es venu
à leur aide, aux dépens de ta bourse, ce qui n'est
rien, mais aux dépens de ta réputation. Les billets,
ce n'était pas M. de Montivrier qui les avait
endossés pour toi, c'est toi qui les souscrivais pour
lui. Le chronomètre, c'était pour lui aussi. Et tu as
accepté les sottises de grand-père, et les mépris de
grand'mère, et mes soupçons, sans rien laisser
deviner. Tu as mieux aimé passer pour un mauvais
sujet que de découvrir la pauvreté de tes amis. Tu
as préféré leur fierté à la tienne. C'est bien, cela,
Léon! C'est beau! C'est chic!

— Ce n'est rien du tout, a-t-il maugréé en sour-
dine. Faire des dettes, être dans la purée, pour un
garçon, ça ne compte pas. Mais vois-tu la situation
de ce pauvre Montivrier? Avoir une femme qu'on
aime, et ne pas lui procurer le nécessaire! lui faire
subir des privations ou des humiliations! Et qui vient
en aide à ce genre de misères-là? Personne. « Tu as
« voulu suivre le penchant de ton cœur; à présent
« débrouille-toi, mon vieux! » Et quand on ne peut
pas se débrouiller? Moi, je serais devenu fou à sa
place, et j'ai fait le moins que je pouvais faire. J'ai
été trop heureux d'avoir quelques embêtements pour
lui épargner, à lui, de vrais chagrins. Je me le
disais pendant que grand-père me flanquait son abatage, et les gros mots me devenaient pain bénit.
Montivrier n'en a rien su; il me croyait beaucoup
plus calé que je ne le suis. Quant à sa femme, nous
ne la tenions pas au courant de nos petits tripotages,
tu le penses bien. Ah! à propos ne va pas lui dire...

— Me crois-tu donc incapable de comprendre tes
délicatesses? Jamais personne ne connaîtra par moi la
situation de tes amis. »

Je crois que, dans mon ardeur, je levai la main
pour prêter serment, comme fait grand'mère.

Léon a apaisé mes transports :

« Ça ne leur fiche plus rien qu'on sache qu'ils ont
été dans la dèche! Ils en sont sortis, puisque l'oncle
leur pardonne, les reprend chez lui, leur aboule la

rente, l'héritage, tout le bataclan! Ah! ce qu'il m'a donné de fil à retordre, ce vieux kangourou, et le chahut qu'il a fallu faire chez lui! »

Léon était tombé dans la grande bergère, et recommençait à s'éponger le front. Mais avant de me laisser aller à mes impressions, je tenais à lui arracher la fin de l'histoire, et, plantée devant lui :

« Allons, vite, raconte ton équipée! »

Il s'est exécuté :

« Or donc, quand la banque ni le mont-de-piété n'ont plus donné, il ne restait que l'oncle. J'ai dit : « Essayons-en toujours, » et je me suis dévoué. Mais ça, c'était dur! nom d'un chien, que c'était dur! Quand je suis arrivé à la porte de son hôtel, — ça vous a des hôtels, ces vieux jaguars! — il m'a pris un de ces tracs..., et je comprenais Montivrier qui avait renâclé. Mais lorsqu'on parle pour les autres, on n'a pas les mêmes susceptibilités. J'ai pensé à ceux qui quêtent, aux Petites Sœurs des pauvres, et je me suis débattu avec le portier, une espèce de mouchard, qui me disait que M. le comte était à la campagne; puis avec une espèce de Jocrisse en livrée, qui me soutenait qu'il était sorti. Je leur ai dit que j'en venais justement de la campagne, et ils ont dû me prendre pour un gros fermier venant payer son terme. »

A cette supposition, Léon, qui n'a pas de vanité, riait de bon cœur.

« Enfin, on me met en présence du vieux croco-
dile. Brou! Tu crois que c'est drôle, toi, d'aller trouver un vieux monsieur titré, décoré, calé, tiré à quatre
épingles, qu'on n'a jamais vu, dont on ne sait rien,
sinon qu'il est difficile en diable, pour lui parler d'une
affaire tout ce qu'il y a de plus épineux..., et quand,
par-dessus le marché, il est sourd comme une pioche!
Le plus embarrassant c'était sa politesse : « Mon cher
« monsieur par-ci, mon jeune ami par-là. » Et il
tournait dans son cabinet de travail, en m'avan-
çant une chaise, en fouillant dans des notes, me prenant obstinément pour un jeune artiste que le conservateur du Louvre lui avait recommandé pour une
restauration de tableaux. Pas moyen de le détrom-
per! Enfin il m'a demandé des nouvelles de je ne sais
quel peintre, mon illustre maître, et je lui ai crié de
toute la force de mes poumons :

« — Je vous apporte des nouvelles bien plus inté-
ressantes... de votre neveu. »

« Mâtin! si tu avais vu sa tête! le léopard qui repa-
raissait, et il a répliqué :

« — Je n'ai plus de neveu!

« — Mais si, vous en avez un, et doublé d'une
nièce ! »

« Croirais-tu qu'il ne voulait rien entendre, d'aucune façon! C'est là que mon gosier s'est endom-
magé. Alors j'ai usé d'un truc. Je me suis mis
à débiner la belle-mère, un sacrifice que nous avions

résolu. Une marâtre, et Anglaise encore, on peut
concéder ça. Le truc a pris. Mon vieux caïman s'est
mis à entendre, à répondre. De casser du sucre sur
la même tête, on ne peut pas savoir comme ça vous
lie. Peu à peu j'en suis revenu à mon sujet; et là,
je ne sais plus trop ce que j'ai dit,... mais il a fini
par entendre aussi. Tout à coup, le voilà qui trem-
blote, qui babache; moi, je continuais. De penser
que l'avenir de deux personnes dépend de ce qu'on
va dire, ça fait trouver des mots, on ne sait pas où,
on ne sait plus quelle langue on parle, mais on est
compris.

— C'est la langue du cœur, Léon, et, quoi qu'on
en dise, ce n'est pas une langue morte. »

Je pensais à M. Ogier, qui, avec toute son intelligence, n'a seulement jamais pu m'émouvoir (ce n'est
pas lui qui saurait émouvoir un sourd). Et je me
demandais si un gentleman eût tenté ce que Léon
venait d'accomplir.

Pourtant le gros garçon ne prétend assurément
pas être un galant homme, un gentilhomme moins
encore. Dans quelle élite faut-il donc le ranger? car
il ne peut cependant plus se confondre avec le vulgaire, pour tant qu'il s'y applique.

« Mes poumons ont tout fait, répétait-il obstinément. Quand ce vieux sanglier a bien compris sa
propre férocité, il s'est amadoué tout de même. Il
a dit qu'il pardonnerait si on lui faisait des excuses.

Il a répliqué : « Je n'ai plus de neveu ! »

Je lui en ai hurlé à l'assourdir encore, tout sourd
qu'il est déjà. Enfin nous avons signé la paix, et il
finissait par tourner au tendre :

« — Que ces enfants reviennent le plus tôt possible, car je suis obligé d'aller à la campagne, où
je m'ennuie à mourir tout seul. »

« La conversion était si radicale, qu'il a même
fait une phrase très gracieuse à mon adresse, sur
les mauvais avocats qui gagnent les bonnes causes...
ou tout le contraire..., je ne sais plus. Quoi qu'il
en soit, il a cru me devoir des honoraires, car il
m'a invité à dîner, — avec des huîtres et du champagne, s'il te plaît. — Ce que c'est goinfre, ces vieux
requins ! J'avoue que j'avais besoin de me refaire ;
mais à répondre à ses compliments, j'ai laissé le peu
de souffle qui me restait. N'empêche que je suis
reparti joliment content de rapporter ces bonnes nouvelles à Montivrier, qui attendait dans l'huile bouil-
lante, et à sa femme, qui ne se doutait de rien. Le
vieux pélican m'avait même remis les arrérages de
la rente pour Montivrier, lequel m'a remboursé
à son tour, et, pendant que j'y pense, voilà ton
magot.

— Ah ! Léon, si j'avais su pourquoi tu allais
à Paris ! »

Il venait de me délivrer du gros poids qui m'étouffait ; mais j'en avais un autre sur le cœur et sur la
conscience.

Léon me regardait avec ses yeux clairs comme ceux d'un enfant, en me tendant ce porte-monnaie, sans se douter des méchants soupçons avec lesquels je le lui avais donné, et j'ai été prise de l'envie irrésistible d'arracher, partout où ils avaient pu croître, des soupçons pareils.

« Léon ! grand'mère aussi a coopéré à ton œuvre, et tu lui en dois compte.

— Non, je t'assure. »

Mais je l'entraînais. J'ai plus de poigne que je ne parais en avoir ; car, lui qui est si fort, il se laisse toujours tirer où je le mène, et je l'ai mené à grand'-mère, dans sa chambre, où elle terminait encore une longue lettre à Mme de la Varaudière, je parie, tandis que grand-père feuilletait des paperasses concernant l'usufruit, j'en mettrais ma main au feu.

Tous deux ont sursauté à notre brusque apparition, et je ne leur ai pas laissé le temps de se remettre.

« Grand-père ! grand'mère ! voici votre plus beau bouquet de fête ! »

Je montrais Léon qui, en vérité, pouvait représenter la pivoine, et grand'mère s'est écriée avec un geste de bénédiction :

« Le retour de l'enfant prodigue qui se repent...

— Bien mieux, qui n'est pas prodigue. »

Et j'ai tout raconté, puisqu'on n'est plus tenu à la discrétion envers les Montivrier. Envers Léon, ça m'est égal ! et j'ai vu les figures de mes grands-parents qui changeaient, qui se détendaient, qui n'avaient presque plus de rides. Il n'y a qu'une bonne action d'un enfant pour opérer de ces rajeunissements

Je lui ai sauté au cou.

la veille de la cinquantaine. Et grand'mère a prononcé :

« Bien, mon fils ! »

Tandis que grand-père marmottait :

« Bon petit diable ! »

Ils l'ont embrassé. Et alors, moi, j'ai cédé à un désir qui me tenait depuis longtemps. Je lui ai sauté au cou.

Il n'y avait pas d'autre moyen, pour moi, de faire amende honorable, de rétablir notre bonne confiance de toujours, que j'avais pu croire anéantie ; mais grand'mère, qui n'était pas au fait et qui reste ferrée sur les convenances, a jugé cet épanchement intempestif.

« Marguerite, on n'embrasse pas son cousin !

— Ah ! ce n'est plus seulement mon cousin, c'est mon frère ! »

Léon sentait, pensait comme moi. Il agissait comme j'aurais voulu agir, aucune âme ne me semblait si proche de la mienne.

« Il est bien son frère, ou à peu près, a appuyé grand-père. Ne sont-ce pas tous nos enfants,... de bons enfants ! »

Ses grosses joues tremblaient d'attendrissement, et grand'mère se détournait avec majesté, de peur de fléchir tout à fait.

« Non, je ne suis pas ton frère, m'a dit Léon tout bas, de cette voix cassée et douce, si singulière, qu'il a rapportée de Paris. Je suis un rustaud, et tu es, toi, la marraine de ta filleule, tu t'en souviens, une petite reine ! »

Une reine bien déchue. Quand je me rappelle les soupçons, les sentiments, les projets auxquels j'ai donné accès, je descends dans mon estime, je descends...

Et Léon, lui, remonte, remonte...

Comme sa simplicité était plus délicate que toutes mes délicatesses, son humilité plus élevée que mes hauteurs !

Il avait fait l'aumône à la jeunesse, à la noblesse, à l'amour, et ces choses saintes lui formaient soudain un piédestal qui le grandissait. J'ai eu besoin d'un mot pour définir nos situations respectives.

« Non, Léon, ce soir, je ne suis plus la reine ; c'est toi qui es le roi ! »

Puis une association d'idées saugrenues s'est faite dans ma cervelle :

« Tu es le roi de cœur,... et le roi de cœur prime le valet de pique. »

Ne venait-il pas de démentir M. Ogier en me prouvant que le cœur et l'honneur sont encore de ce monde, que de tout temps on peut être bon, généreux, désintéressé ? Il me rendait l'entrain de vivre.

Mais je ne pouvais exprimer là, tout de suite, des idées si complexes ; comment, après avoir été une moderne pendant quarante-huit heures, depuis dix minutes je ne me trouvais plus aussi sûre de mon fait.

Et puis, il ne s'agissait pas de ça. Mon vœu avant tout ! Puisque l'attendrissement était général, ne serait-ce pas l'occasion ou jamais de frapper le coup décisif ?

Je suis revenue à mes grands-parents.

« Cher bon papa, chère bonne maman, voilà le dernier nuage dissipé. Nous aurons une belle journée

demain, une journée qui pourra être la meilleure
de notre vie à tous. Il faudrait que rien n'y manquât.

    — C'est vrai, a clamé grand-père illuminé. Il faut

« Faites-moi donc faire un gâteau de pomme de terre. C'est ce que j'aime par-dessus tout. »

que rien n'y manque, et j'y vais de ma petite requête.
Athénaïs, donnez-moi donc demain ce que j'implore
en vain de vous depuis cinquante ans!

    — Quoi donc, monsieur Jupin? »

Il avait une inspiration. Il allait demander à grand'-mère son amour, et je crois qu'elle était bien disposée.

Nous palpitions, Léon et moi.

« Faites-moi donc faire un gâteau de pommes de terre, a achevé paisiblement le pauvre mal avisé de bon papa. C'est ce que j'aime par-dessus tout. »

Grand'mère s'est redressée, terrible de dédain. Et, la voix tranchante :

« Ce que vous aimez par-dessus tout, monsieur Jupin, est une horreur, un régal de maçon. Je n'ai jamais fait, et je ne saurai jamais faire de gâteau de pommes de terre. »

XVII

5 juillet, onze heures du soir.

Quelle journée! quelle journée!

Je m'attendais bien à ce qu'il y eût du nouveau, mais je ne m'attendais pas à ce qu'il y en eût tant que ça, et pour tant de gens!

Nous venons de nous séparer, presque épuisés d'émotion, et cependant personne ne se repose. Je viens d'apercevoir mon oncle l'abbé traversant la cour, pour aller à la chapelle réciter un dernier *Te Deum*. Chez les Rouennais, on s'agite, on parle bas, on tient conseil. Je vois de la lumière aux fenêtres de mes grands-parents. Il n'y a que M. Ogier qui ait soufflé sa bougie et se tienne tranquille.

En revanche, Léon marche de long en large au-dessus de ma tête, ayant tout l'air d'oublier qu'il a passé l'avant-dernière nuit en chemin de fer, et que la dernière n'a pas dû être beaucoup meilleure, si j'en juge par celle que j'ai passée moi-même.

De ma vie, je crois, je n'avais si mal dormi. Un cauchemar succédait à l'autre. Tantôt c'était une partie d'écarté, où revenaient toujours le roi de cœur et le valet de pique, sans que je parvinsse à démêler quel était l'atout ; tantôt c'était grand-père qui continuait à faire des brioches sous forme de gâteaux de pommes de terre.

Finalement, cette dernière image a prévalu.

En me réveillant, je me posais ce problème profond :

« Pourquoi refuser, pendant cinquante ans, à un pauvre homme un gâteau de pommes de terre, qui est une chose innocente, quand bien même, soi, on ne l'aimerait pas ? Et pourquoi, après cela, s'étonner qu'il ne songe pas à vous offrir ce qui serait de votre goût et pas du sien ? »

Il me semblait que là était le nœud d'une question qu'on embrouille à plaisir, et j'y rêvais tout en m'apprêtant pour la cérémonie.

Les Jupin sont matineux. Dès neuf heures, les habitants de Sanglier arrivent, oncle Raoul et tante Anna chargés de pâtés, de melons, de paniers de fruits (leurs sentiments se traduisent toujours par des victuailles), et Valentine, radieuse, avec sa bande au grand complet.

Ma filleule a un peu maigri et pâli, ce qui lui

donne l'air intéressant, et tout le monde s'est extasié
sur ses charmes, sauf M. Ogier qui considérait avec
effarement ces sept enfants alignés, et à qui je n'ai
pu tirer que cette réflexion :

« Mon Dieu! que fera-t-on de tout ça?

— On les aimera, monsieur Ogier, ai-je répliqué.

— Ce serait très bien, si cela pouvait leur suffire.

— Cela suffit pour le présent.

— Mais pour l'avenir, pour les caser, pour...

— Il y a la Providence, monsieur Ogier, qui doit
seconder ceux qui comptent sur elle. Voyez si elle est
venue au secours des Montivrier. »

L'aventure étant terminée à leur gloire, on n'en
fait pas mystère, et j'étais bien aise de retourner
contre M. Ogier un des arguments invoqués à l'appui
de sa thèse. Cela me vengeait de m'être, un instant,
presque laissé convaincre.

Il est si têtu, qu'il n'a pas voulu en démordre.

« N'empêche que ce jeune ménage a dû passer de
mauvais jours. »

Ce sont peut-être ceux dont le souvenir lui restera
le plus cher, ces jours d'épreuve, dont l'amour est
sorti triomphant.

Mais je n'ai pas eu le loisir de soumettre cette
considération à M. Ogier, car les Montivrier arrivaient bons derniers.

Déjà ils perdaient leur timidité d'allure, le terrain
se solidifiait sous leurs pas. Mais, assurément, la

prospérité ne changera pas leurs cœurs que le malheur n'a pas troublés.

« Vous savez le succès de votre cousin, m'a dit Yvonne. Nous partons ce soir, mais nous reviendrons. »

On entrait à la chapelle, et elle a ajouté en me serrant encore la main :

« Nous allons prier pour vos grands-parents, et aussi pour qu'il nous donne un bonheur d'aussi longue durée qu'a été le leur, et aussi... »

Elle s'est un peu retournée vers Léon, qui se tenait derrière nous, au dernier rang.

« ... Aussi, pour qu'il donne, au meilleur de nos amis, un bonheur semblable au nôtre. »

Elle aurait pu faire encore un petit souhait pour moi ; mais la clochette de l'enfant de chœur sonnait, et mon oncle l'abbé montait à l'autel.

Eh bien ! j'avais opiné pour que la cérémonie eût lieu à l'église paroissiale, qui est grande et toute neuve, où l'on aurait pu mettre des arbustes, des plantes vertes, organiser un cortège, réunir du monde. Je croyais que le prestige manquerait dans notre vieille petite chapelle assez délabrée. J'avais tort, ou du moins, si ce prestige a fait défaut, on ne l'a pas regretté.

N'était-ce pas touchant d'être là, si complètement chez soi, et entre soi !

Sauf M. Ogier, M. Marchand et les Montivrier, tous ceux qui se groupaient derrière les prie-Dieu de grand-père et de grand'mère étaient les leurs, leur descendance, depuis le bon gros oncle Raoul jusqu'à ma filleule, qui faisait entendre un petit grognement très doux, sa manière à elle de prier, pendant que l'abbé disait *Oremus* et que mon petit cousin de Rouen, tout fier d'être en soutane rouge, continuait à agiter la sonnette.

Tout se passait entre Jupin à la bonne franquette, et au lieu de me déplaire, comme jadis, cette simplicité rustique m'a touchée. Bien mieux, je me suis mise à l'unisson. A quoi ai-je été repenser, tout d'un coup, au plus beau moment du sermon si péniblement élaboré de mon pauvre oncle?

Encore au gâteau de pommes de terre!

L'aura-t-il, ce cher grand-père, ou ne l'aura-t-il pas? Je penche pour la négative, parce que je vois le dos de grand'mère.

Elle est superbe, grand'mère, et, par un singulier hasard, elle porte encore une robe de soie grise et un mantelet de dentelle noire, comme lors de ses vraies noces. Mais cette coïncidence ne la touche pas. Elle a son dos des mauvais jours, raide comme la justice, avec une cambrure révoltée, et, lorsqu'elle s'est inclinée à la bénédiction, c'était devant la puissance divine et nullement sous le joug bénin qu'elle secoue depuis cinquante ans.

J'ai regardé ma montre.

Midi!

La moitié de la journée d'écoulée, les émotions pieuses usées, et nul résultat. Grand-père et grand'-mère tournent la tête chacun d'un côté, tout en se donnant le bras pour sortir.

A la porte, sont massés les gens du village qui n'ont pu trouver place dans la chapelle, et une petite fille de l'école, en blanc, vient réciter un compliment. Mis en joie par la vue d'une grande table qui les attend, à l'abri d'une tente, les bonnes gens poussent même quelques cris : « Vive monsieur! Vive madame! » auxquels grand'mère répond par des saluts d'une élégance noble, et que grand-père fait taire par des signes maladroits. Les acclamations populaires n'ont uni que leur nom!

« Rien ne colle! » soupire Léon, qui subitement, depuis hier, se prend à s'intéresser autant que moi au prompt succès de mon œuvre.

A présent, en famille, dans le salon, les congratulations et les accolades. Encore un flot de larmes de Marie-Louise. Qu'a-t-elle donc, la pauvre fille, à être si énervée?

Seuls, les premiers rôles ne font pas leur partie dans le chorus d'attendrissement. Grand-père et grand'mère ont embrassé tout le monde. Mais ils ont oublié de s'embrasser, et je vois la figure de Léon qui s'allonge.

Ça va mal, très mal.

On se met à table.

Les héros de la fête font le tour de la table.

Nos guirlandes de fleurs embaument, et les truffes fleurent bon. Le vin étincelle ou pétille dans les verres. On s'anime. Grand'mère elle-même s'égaye et bavarde. Mais pas un mot à son vis-à-vis, pas un coup d'œil par-dessus le grand surtout d'argent qui les sépare.

Grand-père, lui, n'a pas son appétit ordinaire. On dirait qu'il se réserve, et, à chaque plat nouveau qui fait son entrée, il tourne vivement la tête et prend ensuite l'air désappointé, comme qui n'a pas ce qu'il attend.

Le menu a été splendide. Nous approchons cependant de la fin. Voici les gâteaux, les glaces et les petits fours, et Léon secoue Toto et Zézette, qui s'étaient endormis à côté de lui, depuis deux heures que nous sommes à table.

Mais ils ne tarderont pas à se rendormir, car M. Marchand se lève, un papier à la main.

Ah! mon Dieu! Il commence par Adam et Ève. Nous en avons pour longtemps, et, en effet, voilà que nous enfilons la galerie historique des bons ménages : Abraham et Sara, Rébecca et Jacob, Esther et Assuérus.

J'ai une distraction. Je pense à ce que Léon m'a dit hier : que j'étais une petite reine. Ç'avait l'air de le gêner. Je reviens de ma distraction. Nous en sommes à Clovis et à sainte Clotilde.

Un autre moment d'inadvertance. J'observe les

petits Montivrier qui se regardent et qui paraissent se demander à quoi bon tant d'exemples fameux. Et je retombe sur saint Louis et Marguerite de Provence.

Encore un blanc. Je remarque avec douleur que le gâteau de pommes de terre ne paraîtra décidément pas. Nous arrivons à Franklin, et puis M. et Mme de Lavalette, qui ferment toujours le cortège.

Ouf! Léon applaudit, les autres l'imitent, et le pauvre père Marchand rayonne. Il est parvenu, pour une fois, à se faire écouter.

Mais, pas plus que d'habitude, ses leçons ne porteront fruit. Il ne faut pas se flatter que l'histoire ait plus d'influence que la religion, que la famille, que ce bon déjeuner n'en ont eu.

On remplit encore les coupes à champagne, et les héros du jour se lèvent pour faire le tour de la table comme il y a cinquante ans. Un seul oubli : ils ne commencent pas par trinquer ensemble; et grand'mère, qui s'avance majestueuse, relève d'un geste irrité sa traîne sur laquelle grand-père vient de marcher.

« Faites donc attention, monsieur Jupin! »

Cette rebuffade achève de l'abattre. Il arrive à moi, tout mélancolique, et, tandis que nous choquons nos verres :

« Tu vois, petite, soupire-t-il à mon oreille, elle n'a pas voulu me le donner! »

Je sais de quoi il s'agit. Du gâteau. Y attacherait-il
aussi une idée superstitieuse? Fait-il de cet objet pro-
saïque un symbole? Est-ce son cœur qui réclame ou
bien son estomac?

En tous cas, sa déception m'affecte. Qu'aujourd'hui,
au moins, il puisse croire ses désirs exaucés, et une
inspiration me vient :

« Vous l'aurez, grand-père. On l'a mis en réserve
pour le goûter. Mais chut!... »

Il passe, rasséréné subitement, et je m'aperçois
que M. Ogier sourit. Se moquerait-il de moi, s'il
savait ce que je médite!

C'est singulier comme son opinion m'est devenue
tout d'un coup indifférente. Nous sommes revenus
au salon, et, après avoir un peu digéré, l'oncle
Raoul prie son frère l'abbé de vouloir bien s'éclipser
parce qu'on va danser.

« Mais je ne me scandaliserai pas du tout qu'on
danse en famille. Je veux voir papa et maman ouvrir
le bal, » déclare bonnement notre abbé, qui, en
vrai Jupin, ne cherche pas midi à quatorze heures.

Grand'mère a pris sa robe délicatement des deux
doigts, et en avant deux!

Par une inspiration gracieuse, elle demande que
les Montivrier, le plus jeune ménage présent, fasse
vis-à-vis au plus ancien.

C'est joli, joli... Mais, aussitôt la dernière figure
du quadrille terminée, je me sauve.

« Vous ne voulez pas m'accorder cette valse, mademoiselle Marguerite? réclame au passage M. Ogier,
qui est un peu pincé depuis ce matin.

— Impossible, monsieur Ogier.

— Et le pas de quatre?

— Impossible, impossible! Je n'ai pas le temps
de danser. Marie-Louise me remplacera! »

Il s'incline devant Marie-Louise, dont la triste mine
s'éclaire un peu. Je m'évade. Mais Léon m'arrête encore.

« Ne cours pas si vite, j'ai quelque chose à te
demander.

— Plus tard. »

Enfin je peux mettre mon projet à exécution.

J'entre en coup de vent dans la cuisine, où tout
est sens dessus dessous.

« Marianne..., je vais faire un gâteau. »

Marianne me croit devenue folle.

« Maintenant...? quand on sort de table...? dans
la toilette qu'a mademoiselle...?

— Ça ne fait rien. Donnez-moi un tablier et le
livre de cuisine, s'il vous plaît. »

Je dois avoir une bonne tournure, avec ce gros
tablier bleu à bavette sur ma robe de foulard rose.
Marianne reste pétrifiée, tandis que je feuillette son
livre graisseux.

« Gâteau de pommes de terre : faites cuire des
pommes de terre jaunes; passez; pétrissez, avec du
beurre, quatre œufs... »

« Marianne, vous avez des pommes de terre jaunes ?

— Oui... Mais, si mademoiselle tient absolument
à son idée, je vais le faire, ce gâteau ! dit–elle assez
grognon, voulant, je crois, se débarrasser à tout
prix de ma présence importune.

— Non, non. Je tiens à me tirer d'affaire toute
seule. J'ai bien mes ingrédients ? Le four est chaud ?
Cela suffit. Allez vous amuser avec les autres, là-bas,
dehors, sous la tente. »

Elle obéit volontiers, mais en hochant la tête
d'un air de doute. Mes talents culinaires ne lui ins-
pirent aucune confiance. Me prend-elle donc pour
une princesse, elle aussi ?

Voilà une erreur à détruire. Je ne suis qu'une
bonne bourgeoise, la petite-fille de grand-père Jupin,
c'est décidé, et il faut qu'on le sache.

J'ai retroussé mes manches. Je pétris, je pétris...
Et dans cette pâte gluante où mes mains s'enfoncent,
il me semble laisser une à une chacune de mes prétentions, chacun de mes rêves ambitieux ; et, comme
il m'arrive toujours quand je fais un travail pure-
ment manuel, ma pensée, qui n'a rien à y voir,
court la pretentaine d'un autre côté.

C'est à vos théories, monsieur Ogier, que je m'en
prends à présent. Quoi ! la civilisation en serait par-
venue à ce point, que désormais la nature n'aurait
plus voix au chapitre ? que les petites choses seules
compteraient dans la vie, et plus du tout les grandes ?

qu'on se devrait au monde, et qu'on ne ferait rien pour soi-même? que l'idéal serait d'être chic, et non plus d'être heureux?

Je ne suis pas chic en ce moment, monsieur Ogier (cependant mes mains sont assez jolies encore, quoique pleines de beurre), et la pâte qui est devenue solide, qui s'étend et se façonne à mon gré, il me semble que c'est mon pauvre petit esprit, jusqu'à ce jour sans consistance, qui va trouver enfin sa forme définitive.

Depuis hier, je sais ce que je veux être : une femme utile et heureuse, et je commence à savoir ce que je veux qu'il soit, *lui*, l'invisible, l'innommé.

Ah! peu m'importent la taille ou la figure, le grade ou le titre, l'habit ou l'uniforme! Qu'importe l'écorce, pourvu que le fruit soit bon! et un homme est tout entier dans son cœur.

Je le veux simple et loyal, ce cœur sur lequel je m'appuierai toute ma vie, dégagé de toute pensée vaniteuse, grand par le mépris même de ce qui éblouit le vulgaire, ayant été dévoué aux autres, pour qu'à mon tour je sois plus assurée de son dévouement. Je le veux...

Quatre heures. On va goûter à quatre heures et demie. Je n'ai que le temps d'enfourner. Ça y est, sans encombre..., sauf cette grande tache noire sur mon poignet. Qu'est-ce que cela? un peu de charbon! Je vais me laver.

« Oh ! que tu es gentille comme ça ! »

Ah! j'en ai bien le temps! Je crois que j'ai commis un oubli. Voyons le livre.

« Saupoudrez avec du sucre. »

Le sucre râpé,... vite... Où donc a-t-on pu le fourrer!

J'ouvre les bahuts, je fouille les tiroirs. Tout est dans un désordre... auquel je ne remédie pas précisément. Voyons dans cette caisse, là-haut, sur la planche. Je monte sur une chaise, j'atteins la caisse du bout des doigts. Bon... elle chavire, et un flot de farine se répand et vient me poudrer les cheveux. Il ne me manquait que ça.

Mais suis-je sotte! il y a toujours du sucre râpé dans la salle à manger. Je me précipite...

Un beau désordre là encore. A peine a-t-on desservi. Les valets de chambre avaient hâte, eux aussi, de rejoindre leurs camarades.

S'ils m'avaient seulement laissé le sucrier! Mais rien sur la table ni sur le dressoir. Ils l'auront mis dans le placard!

J'y cours. Immense, ce placard! Quand les deux battants sont ouverts, ils forment un enfoncement obscur où l'on a beaucoup de peine à distinguer les objets. Je n'aperçois pas mon sucrier.

Et, comble de malheur, quelqu'un qui entre, qui va me trouver dans ce costume et deviner ma surprise.

Pourvu que ce ne soit pas grand-père!

Non. Ce n'est que Léon.

Mais il me découvre tout de suite dans mon coin noir.

« Qu'est-ce que tu cherches donc là, Marguerite?

— Rien... rien... Et toi?

— Moi, je te cherche.

— Pourquoi?

— Pour te parler. »

Si je reste là, dans mon coin, le dos tourné, il ne verra pas mon tablier et ne devinera rien. Le mieux serait donc qu'il dît ce qu'il a à dire, et s'en allât. Et je le presse :

« Parle donc tout de suite. »

Cela ne le contrarie pas que j'aie le dos tourné. On dirait même qu'il préfère ne pas m'affronter en face, et il se hâte de profiter de ma permission.

« Margot, je voudrais te dire quelque chose avant de te parler d'autre chose. »

Ce début est obscur. Mon gâteau va brûler. Je trépigne.

« Va..., mais va donc.

— Je voudrais te soumettre une idée.

— Voyons.

— Tu la trouveras peut-être ridicule.

— Probablement.

— Mais il s'agit d'une chose qui se fait à présent, je t'assure, qui ne serait pas bien difficile à obtenir,

avec des protections, et qui se trouverait très utile,
très agréable pour la famille.

— Que de circonlocutions ! »

Il s'est ébroué. Il ne devait pas être plus inti-
midé lorsqu'il a dégoisé sa petite affaire à l'oncle
Montivrier. Enfin il a pris son tournant.

« Margot, il faut avouer que Jupin n'est pas un
nom aristocratique.

— Avouons !

— Mais on pourrait bien le relever un peu.

— Le relever? Il ne risque pas de s'éteindre, que
je sache! Ton père, tes oncles, tes neveux, sans
parler de toi...

— J'entends « relever » dans un autre sens :
donner un peu de chic, un peu d'allure. »

Comment! Léon qui vise au chic, lui aussi!

Je ris tout bas, la tête dans mon placard, tandis
qu'il continue péniblement :

« ... Le rendre présentable au moyen d'un petit
adjutorium. Nous avons eu un grand-oncle qui était
général sous l'Empire, et dans ce temps-là, un brave
général, couramment, on le faisait baron. Général
baron Jupin, je crois bien que c'était ça. Seulement, il s'est noyé dans la Bérésina, et on n'y
a plus pensé. Mais moi, je pourrais bien faire valoir
mes droits et reprendre le titre.

— Tu veux être baron, baron Jupin! »

Un fou rire m'a saisie. J'ai voulu voir Léon sous

18*

son nouvel aspect, et, oubliant tout, j'ai fait volte-
face.

Non, jamais un baron n'a eu l'air aussi penaud.

Mais il relève la tête. Il m'aperçoit dans mon joli
accoutrement, barbouillée, enfarinée, mon tablier
bleu jusqu'au menton.

« Oh! »

Il n'éclate pas, lui. Et le plus sérieusement du
monde :

« Que tu es gentille comme ça! »

Il s'étonne cependant. Il réfléchit :

« Mais pourquoi as-tu ce tablier et cette farine
dans les cheveux aujourd'hui?

— Pour avoir l'air d'une cuisinière. »

Il n'y comprend rien.

« Pourquoi veux-tu avoir l'air d'une cuisinière?

— Pourquoi veux-tu prendre des allures de baron? »

Je ne ris plus. Une grande émotion m'étreint le
cœur. Voilà que nous nous rencontrons au milieu de
cette route que j'ai voulu descendre, qu'il a voulu
monter, et nous ne pouvons plus nous faire illusion
sur l'élan qui nous guidait. Je découvre soudain ce
que jusqu'ici j'ignorais, et, ma foi, je proclame tout
haut ma découverte.

« Tu veux être baron pour que je sois baronne;
mais, Léon, je n'ai pas besoin de cela. Foin des
recherches! vive la simplicité! Je ne suis décidément

qu'une bonne petite ménagère, une bonne petite
femme sans autre ambition au cœur que celle de
te rendre heureux. Attends seulement, pour me faire
ta déclaration, que je me sois lavé les mains. »

Il n'a rien attendu du tout. Il m'a prise avec

La tête blanche de grand'mère s'est appuyée sur l'épaule de bon papa.

mon grand tablier, il m'a serrée contre lui sans
pouvoir prononcer un mot, et il se permettait de
mettre un baiser sur mes cheveux enfarinés, quand,
ô catastrophe! la porte s'est encore ouverte.

C'était grand'mère qui venait voir si on servait
le thé, escorté de grand-père, inquiet de son fameux
gâteau.

Ils sont restés interdits. Puis le sentiment des convenances s'est réveillé chez grand'mère avec impétuosité :

« Mademoiselle, je vous ai déjà fait observer
qu'on n'embrassait pas son cousin !

— Mais on embrasse son fiancé, » ai-je riposté
avec autant d'aplomb qu'hier, quoique la réplique
variât.

J'oubliais mon vœu, cette fois, je le confesse.

C'est Léon qui a eu de l'à-propos ! Il m'a prise
par la main, il m'a menée vers nos ascendants, qui
prenaient racine ni plus ni moins que s'ils eussent
été changés en tilleuls, comme Philémon et Baucis.

« Grand'mère, je l'aime, parce qu'elle est pareille
à vous. Elle m'aime, parce que je vous ressemble,
grand-père, et vous vous aimez bien tous deux,
puisque votre amour revit en nous. »

Et, soudain, les tilleuls se sont couverts de rosée.
De jolies larmes roulaient des yeux de grand'mère,
et un vrai déluge inondait les bonnes grosses joues
du grand-père Jupin.

« Ils s'aiment à cause de nous, a-t-il murmuré.

— Et nous revivons en eux. »

De nos cœurs, la vieille sève tarie remontait
aux leurs, enfin ! et la tête blanche de grand'mère
s'est appuyée sur l'épaule de bon papa avec autant
de confiance tendre que la mienne sur celle de Léon.
Oui..., elle était si bien domptée par les vieux sou-

venirs et les nouvelles émotions, que le sens des convenances même lui a fait défaut un moment.

Cinq minutes se sont bien passées avant que, comme de règle, vînt une objection.

« Mais, mes enfants, vos natures sont si différentes, vos goûts si opposés!... »

Léon avait réponse à tout.

« Tant mieux. Nous aurons ainsi l'occasion de nous faire des concessions mutuelles, et n'est-ce pas là le secret du bonheur? »

Il l'avait trouvée, lui, du premier coup, et nous ne la perdrons pas, cette fameuse recette.

Est-ce qu'autour de nous on n'en ferait pas déjà son profit?

Le fait est que c'est grand'mère qui a retiré mon gâteau du four, tandis que grand-père s'écriait, pris d'une anxiété subite :

« Mais avec cette nouvelle combinaison, qu'allons-nous faire de M. Ogier, un la Varaudière..., un homme digne de tous nos égards? »

Léon a démenti une fois de plus sa réputation de bon à rien, car il nous a encore tirés d'affaire.

« Repassez l'usufruit à Marie-Louise, et Marie-Louise à M. Ogier.

— Il y a là une idée que je vais creuser, » a murmuré grand-père.

Il n'aura pas à creuser longtemps.

Un gentleman n'est pas tenu à une fidélité stérile

ni à de vains regrets. Marie-Louise a quelques cen-
taines de mille francs de plus que moi, ce qui établit
la balance en sa faveur, suivant les nouveaux tarifs,
et, déjà ce soir, M. Ogier a commencé à lui exposer
loyalement ses théories, qu'elle a écoutées très volontiers là-bas, au bout de la terrasse.

Grand-père et grand'mère s'étaient accoudés aux
balustres, l'un à côté de l'autre, à deux pas de Léon
et de moi, et nous étions dans le même rayon bleu
quand la lune s'est levée, splendide, radieuse dans
le ciel clair, la lune nouvelle qui luit pour nous tous,
la lune sans nuages qui fera oublier tous les méfaits
de cette vieille lune rousse passée : la lune de miel,
plus tardive, mais non moins douce, aux vieux époux
qu'aux nouveaux fiancés.

FIN

.